读客

读客三个圈经典文库

经典就读三个圈　导读解读样样全

凡尔纳过去是，现在仍然是科幻的代名词，他的作品充满科幻最本原的精神，以纯真和明丽的笔触，表现了对大自然的好奇心和探索的愿望，以及用新技术创造新世界的激情，成为一代又一代人科幻想象力起飞的地方。凡尔纳想象的未来技术大多已经变为现实，但他的科幻小说却经受住时间的考验，拥有越来越大的魅力。

2018.7.22

刘慈欣，中国科幻文学里程碑式的人物。

2015年8月23日，他凭借科幻小说《三体》获得第73届雨果奖最佳长篇故事奖，这是亚洲人首次获得雨果奖。

刘慈欣在采访中多次坦言凡尔纳是他科幻想象的起点，他读的第一本科幻小说，正是凡尔纳的《地心游记》。

凡尔纳科幻经典

环绕月球

[法]儒勒·凡尔纳 著

陈筱卿 译

读客三个圈经典文库

经典就读三个圈 导读解读样样全

江苏凤凰文艺出版社
JIANGSU PHOENIX LITERATURE AND
ART PUBLISHING

Autour de la Lune

Jules Verne

目　录

几年前[2]，全世界为一次科学史上前所未有的科学实验大为震惊和激动。美国南北战争结束之后，在巴尔的摩成立的枪炮俱乐部的成员们，突发奇想，意欲接触月球——没错，就是要上月球——准备往月球发射一枚炮弹。俱乐部主席巴比·凯恩——这个创举的发起者，为此征询了剑桥天文台的天文学家们之后，便立刻为保证成功而做下了必需的一应准备，而这一实验为大多数资深的科学家所赞许，认为可以成功。为此，巴比·凯恩发起公众募捐，聚集了近三千万法郎。于是，他开始为这个巨大的工程运作起来。

根据天文台的科学家们收集的资料，发射炮弹的大炮应该安置在南北纬的零度到二十八度之间，以便瞄准天穹间的月球。炮弹必须具有每秒一万两千码[3]的初速度。炮弹在12月1日晚上十一

---

1 此序言为作者原序，简略叙述了该著作的上部《从地球到月球》，并作为下部《环绕月球》的序。——译注（如无特别说明，本书中注释均为译注）
2 这个时间指的是作者生活的年代，大约是一八六几年。
3 码：长度单位，约合0.914米。

点差十三分二十秒发射的话，即可在12月5日午夜时分准时到达月球，也就是说，月球刚好是在它的近地点，即离地球最近的地点——离地球八万六千四百一十法里[1]。

枪炮俱乐部的主要成员——巴比·凯恩主席、埃尔菲斯顿军医、马斯通秘书，以及其他一些专家学者多次进行讨论，研究了炮弹的形状和成分，以及大炮的安放位置和性能，还有需要使用的火药的质量和数量。会议做出以下决定：一，炮弹应为金属铝制成，直径为一百零八英寸，弹壁厚度为十二英寸，重一万九千两百五十斤[2]；二，大炮为哥伦比亚铸铁炮，长九百英尺，就地浇铸；三，装填的炸药为四十万斤火棉[3]，能够在发射时产生六十亿升的气体，足以将炮弹射向"黑夜星球"。

这些问题解决之后，巴比·凯恩主席在工程师的协助之下，来到了佛罗里达北纬二十七度七分和西经五度十分的一个地方。随后，就在这一地点完成了一项土木工程，极其成功地铸造了哥伦比亚炮。

各项准备进行至此，突然出现一个意想不到的事，致使这一事件更加引人关注。

一位法国人——一位异想天开的巴黎人，也是一位既聪明又大胆的艺术家——要求进入这颗巨型炮弹，飞往月球去研究这颗地球卫星。这个勇敢无畏的冒险家名叫米歇尔·阿尔当。他来到美国，受到热烈的欢迎；他主持大会，听到胜利的欢

---

1 法里：法国古长度单位，1法里约等于4公里。
2 这里的斤指法国古斤，相当于489.5克。
3 火棉：一种白色的纤维状物质，物理性质与棉花基本相同。它的爆炸威力比黑火药大两到三倍，但火棉的燃爆速度非常快，十分不安全。一般主要用作工业炸药、军事火药、推进剂等。

呼；他让巴比·凯恩主席与死对头尼科尔摒弃前嫌言归于好；同时，作为和好的保证，阿尔当决定让他俩同他一起进到那颗大炮弹里飞往月球。

二人接受了阿尔当的提议。于是，众人便对炮弹的形状进行了改造，使之变成一个圆锥体。同时，又在这种"炮弹车厢"里装上了强有力的弹簧以及易碎隔层，以减小发射时的反作用力。随后，在"炮弹车厢"装上了够一年食用的食物，够几个月饮用的水以及够用几天的煤气。"车厢"内装有一个自动装置，可以制造和提供给三位旅行者吸入所需的空气。与此同时，枪炮俱乐部还在落基山的一座最高峰上安装了一台巨型望远镜，可以跟踪观察炮弹全程的运行情况。一切均已准备就绪。

11月30日，"炮弹车厢"在规定的时刻，在众多观众的目睹下发射了。这可是第一次有三个地球人怀着必须到达目的地的坚定信念，飞向宇宙空间。这三位勇敢无畏的旅行者——米歇尔·阿尔当、巴比·凯恩主席和尼科尔船长——将进行这趟九十七小时十三分二十秒的飞行。因此，他们到达月球表面的时间只能是12月5日午夜的满月时分，而不是像几家消息不灵通的报纸所说的12月4日。

但是，意外的情况发生了：哥伦比亚炮发射时的巨响，立即产生了大量的气体，聚集在大气层中。这一意外激起了众怒，因为月亮被云雾遮住了，好几个夜晚人们都观赏不到月亮。

可敬的马斯通，这个三位旅行者的最勇敢的朋友，在剑桥天文台台长贝勒法斯特的陪同下，来到落基山朗峰观测站，那儿架设着的一台天文望远镜，可以将观测月球的距离缩短到两法里。枪炮俱乐部的这位可敬的秘书，要亲自观测他的那三位勇敢无畏的朋友的"飞行器"的状况。

12月5日、6日、7日、8日、9日和10日，大气层聚集了厚厚的云层，阻碍了观测，人们甚至认为观测得延期到明年的1月3日，因为到11日，月球便成了下弦月，其光亮的部分变得十分少，难以清晰地追踪"飞行器"的踪迹。

然而最后，天公作美，人人欣喜：一场飓风在12月11日的夜晚到12日凌晨，将云层驱散，大气层透彻了，半圆的月亮清亮地挂在夜空。

就在当晚，马斯通和贝勒法斯特便从朗峰观测站向剑桥天文台的科学家发送了一封电报。

那么，这封电报到底说了些什么？

电报上说：贝勒法斯特先生和马斯通先生在12月11日晚八点四十七分，发现了哥伦比亚炮在乱石岗发射出去的炮弹，不知何故，炮弹偏离了方向，并未到达目的地。不过，炮弹已经非常接近月球，而且受到了月球的引力作用，炮弹的直线飞行已改变成了一种圆周运动，因重力作用而在月球周围沿着椭圆形轨道运行，变成了月球的卫星了。

电报里还说，这个新的星球的数据尚未测算，因为必须从三个不同的观测点对它进行观测，才能测定它的数据。接着，电报里又指出，"飞行器"和月球表面的距离"可能"有两千八百三十三英里，即四千五百法里。

电报里最后提出两种假设：一，月球的引力最终可能将它吸走，那么，旅行者们就可能登上月球；二，炮弹可能会在一个固定不变的轨道绕着月球运行，直到世界末日。

如果出现后一种结果，旅行者们的命运将会如何呢？没错，他们尚有食物，可以撑上一段时间，但是，即使他们的冒险之举得以成功，那他们如何返回地球呢？他们还有可能返回来吗？我们能够获悉他们的消息吗？当代最博学的科学家在报刊上进行着论争，这激起了公众们的极大兴趣。

在此，我们应该提出一个建议，让过于性急的观察者们好好深思。一个科学家向公众宣布一种纯属揣测的发现时，往往不是很谨慎的。谁都没有强迫谁去发现一个行星、一个彗星或是一个卫星，但你若是弄错了的话，就必然会遭人耻笑。因此，你最好考虑清楚，而急脾气的马斯通在向全世界发表这封电报之前，本是应该三思而后行的，可是，他在电报中却对这一科学壮举先下了结论。

确实，这封电报如后来证实的那样，犯了两个错误。一是关于炮弹与月球表面的距离上的观测错误。因为12月11日根本无法观测到炮弹，而马斯通所观测到的或者他以为观测到的不可能是哥伦比亚炮发射的炮弹。二是关于炮弹的命运的理论性错误，因为设想炮弹成为月球的卫星，是绝对违背理论力学原理的。

朗峰观测者们只有一种假设可能会实现，即这三位旅行者——如果他们还活着的话——能够借助月球的引力到达月球表面。

其实，这三位睿智而勇敢的旅行者，在炮弹发射时那可怕的撞击下，能够侥幸活着，已经是万幸了，而他们乘坐炮弹车厢旅行的壮举的最精彩、最奇特的细节倒是值得大书一笔的。本书叙述的这个故事将大大地消弭许多幻想和预测。但是，它也将让我们对这一壮举的种种波折有一个正确的认识，而且也将突出巴比·凯恩的科学理想，尼科尔的睿智以及米歇尔·阿尔当的幽默大胆。

另外，这个故事也将证明，他们的可敬可爱的朋友——马斯通专心一意地对着巨型望远镜观测月球在宇宙空间运行，实在是浪费时间。

儒勒·凡尔纳

第一章

从晚上十点二十分到十点四十七分

晚上十点钟，米歇尔·阿尔当、巴比·凯恩和尼科尔便向他们留在地球上的朋友们挥手告别了。为了使犬类适应月球大陆的气候，两条狗已经被关在炮弹车厢里了。三位旅行者走近巨型铸铁炮，然后，一台活动吊车将他们吊放在炮弹的圆锥形顶上。

炮弹顶上专门开了一个洞口，让他们进入铝制"车厢"，吊车的复滑车退到"车厢"外面，哥伦比亚炮的炮口随即离开了它的脚手架。

尼科尔与他的同伴们进到炮弹车厢内之后，立即动手将一块用大螺丝钉固定住的坚硬的金属板封堵上洞口。另外一些金属板将舷窗的透镜玻璃遮盖起来。旅行者们被严密地关在他们的金属质"监狱"里，陷入一片黑暗之中。

"现在，我亲爱的同伴，"米歇尔·阿尔当说，"咱们就像在自己家中一样。我是个居家男人，很会搞家务。我们得先将我们的新居好好布置一番，让我们住得舒舒服服。首先，我们得在里面能够看得更清楚一点。说实在的！煤气可不是为鼹鼠而发明的。"

这个无忧无虑的小伙子边说边对着靴底划着了一根火柴，然后，将火柴凑近煤气灯口。这个容器里面装着高压缩的碳化氢气，足以保证炮弹车厢内的照明和取暖维持一百四十四小时，也就是六天六夜。

煤气灯点亮了。炮弹车厢内这么一亮，宛如一个舒适的房间，四壁有软垫保护，放着一圈长沙发，顶端呈圆顶状。

里面装载的武器、工具、器皿，全都牢牢地固定在浑圆的软壁上，能够毫发无损地承受发射时的冲击。但凡人所能采取的预防措施全都到位，以保证这样的一次大胆冒险得以成功。

米歇尔·阿尔当检查了所有一切，表示对这儿的安置十分满意。

"这是一间牢房，"他说道，"但却是一个飞行的牢房，要是有权将鼻子伸到窗外的话我就会订上一个百年租约！你笑什么，巴比·凯恩？你脑子里是不是有别的想法？你是在想这个牢房可能成为我们的坟墓？就算是坟墓，我也不会用它来换穆罕默德的坟墓，他的坟墓只能在太空飘浮，不能动弹！"

当米歇尔·阿尔当这么说着的时候，巴比·凯恩和尼科尔在做着最后的准备。

当三位旅行者最后关在炮弹车厢里时，尼科尔的精密计时器正指着晚上十点二十分。这只精密计时器与默奇森工程师的计时器校对过，两只表误差大概只有十秒。巴比·凯恩看了看计时器。

"朋友们，"他说道，"现在是晚上十点二十分。晚上十点四十七分时，默奇森将要给哥伦比亚炮的火药的电线通上电流。在这一确定的时刻，我们将飞离地球。因此，我们还要在地球上待上二十七分钟。"

晚上十点钟，米歇尔·阿尔当、巴比·凯恩和尼科尔便向他们留在地球上的朋友们挥手告别了。为了使犬类适应月球大陆的气候，两条狗已经被关在炮弹车厢里了。

《环绕月球》是《从地球到月球》的续集。小说于1869年连载于《辩论报》（*Journal des Débats politiques et littéraires*），1870年出版单行本，1872年又出版了插图本，附有44幅由法国著名插画家Émile-Antoine Bayard和Alphonse de Neuville绘制的精美插图。由于年代久远，原版插画大多无法达到印刷标准，本书精选了最具观赏价值的8幅进行细描。

“二十六分十三秒。”一丝不苟的尼科尔回答道。

“嗯！”米歇尔·阿尔当心情极其愉悦地大声说道，“二十六分钟够我们干多少事呀！我们可以讨论讨论最重要的道德问题或政治问题，甚至能够解决这类问题！二十六分钟如果好好利用的话，比什么都不干的二十六年还有价值得多！帕斯卡尔或牛顿的几秒钟比一群终日无所事事的蠢货的一辈子都更加宝贵……”

“你这是在做总结吧，滔滔不绝的演说家？”巴比·凯恩主席问道。

“我的结论是我拥有二十六分钟。”阿尔当回答道。

“只有二十四分钟哦。”尼科尔说道。

“你说二十四分钟就二十四分钟吧，较真的船长，”阿尔当回答道，“我们在二十四分钟里可以深入讨论……”

“米歇尔，”巴比·凯恩说，“在飞行途中，我们将有足够的时间深入讨论最最困难的问题。现在嘛，我们得考虑出发的问题。”

“我们不是准备就绪了吗？”

“是的，没错，不过，为了减轻可能出现的开头的撞击，还得采取一些预防措施！”

“装有易碎材料做的隔板的排水装置不是弄好了吗？它的弹性不是很好，将足以保护我们吗？”

“但愿如此，米歇尔，”巴比·凯恩和颜悦色地回答道，“但是，我的心里不踏实！”

“啊！你真是马后炮！”米歇尔·阿尔当大声嚷嚷道，“都这时候了，你还说什么‘但愿如此……’‘心里不踏实……’，你这是有意等我们都被关在笼子里才说这种倒霉的话！行了，我不干了，我要退出。"

"怎么出得去呀？"巴比·凯恩反诘道。

"是呀，怎么出得去呀！"米歇尔·阿尔当说道，"很难出去了。我们已经上了车，司机在二十四分钟之前就拉响了汽笛了……"

"二十分钟前。"尼科尔更正道。

有一会儿工夫，三位旅行者互相之间你看看我，我看看你。随后，大家便开始将带来的一些装置逐一检查了一遍。

"所有的东西全都安置妥当了，"巴比·凯恩说，"现在需要决定的是，我们应该采取什么姿势能最有效地承受住发射时的撞击。对所采取的姿势不可掉以轻心，必须尽可能地避免血液突然过度地涌入脑袋里。"

"说得对。"尼科尔说。

"那么，"米歇尔·阿尔当边模仿边回答道，"我们就像大马戏团里的小丑，头朝下，脚朝上！"

"不，"巴比·凯恩说道，"我们应该侧身躺着，这样就能更好地承受撞击。要注意，在炮弹发射的那一时刻，我们无论是在炮弹内还是在炮弹前面，差不多都是一回事。"

"如果只是'差不多'的话，我就放心了。"米歇尔·阿尔当回答道。

"你同意我的看法不，尼科尔？"巴比·凯恩问道。

"完全同意，"船长回答说，"还有三分半钟。"

"这个尼科尔，不像是个大活人，倒像是一只带擒纵机构并有八个轴孔的秒表……"米歇尔大声嚷道。

同伴们不再听他唠叨了，大家极其镇定自若地做最后的安排。他们宛如两个登上车厢的有条不紊的旅客，尽可能地让自己安顿得舒服一些。我们不禁在想，这些美国人的心脏是什么材料构成的？怎么无论多么可怕的危险近在咫尺，脉搏也不跳快一下！

　　炮弹车厢内安放着三个厚厚的、结实而舒适的床垫。尼科尔和巴比·凯恩将三个床垫置于圆形舱中央，形成一个活动地板。出发前的那一刻，三个旅行者将躺在那上面。

　　在这一时刻，阿尔当待不住，像一只困兽一样在他的狭小的牢房里转来转去，一会儿与他的朋友们聊上几句，一会儿又跟两只狗说说话。大家可以看得出，他不久前刚给那两只狗取了名字：狄安娜和卫星。

　　"嘿！狄安娜！嘿！卫星！"他叫着逗它们，"你俩马上就要向月球犬展现地球犬的良好风度了！这将是给犬类长脸啊！说真的，如果我们能够回到地球，我就带上一只杂交的月球犬回来，那可就热闹了。"

　　"那要看月球上是否有狗。"巴比·凯恩说。

　　"肯定有，"米歇尔·阿尔当肯定地说，"如同有了马、牛、驴、鸡一样嘛，我敢打赌我们会在月球上找到母鸡的！"

　　"我赌一百美元，如果我们找不到的话，我认罚。"尼科尔说。

　　"一言为定，船长，"阿尔当握着尼科尔的手回答道，"对了，你打赌可是曾经输过三次啊——这个壮举所需的款项、大炮的浇铸成功完成、哥伦比亚炮装填上火药并未出现意外，总计六千美元。"

　　"你说得没错，"尼科尔回答道，"现在是晚上十点三十七分零六秒。"

"就这么说定了，船长。对了，在这一刻钟之内，你还得交给主席九千美元，其中四千美元是因为哥伦比亚炮没有爆炸，五千美元是因为将升到六英里的空中。"

"我带着美金呢，"尼科尔拍拍上衣口袋回答道，"我现在就可以付款。"

"好呀，尼科尔，看得出你是个办事认真的人，这一点我比不上你，但是，说句老实话，反正你总打赌，总是输多赢少。"

"为什么呢？"尼科尔不解地问。

"因为你如果赢了第一个赌，也就是说哥伦比亚炮连同炮弹车厢一起爆炸，巴比·凯恩也不会付你美金的。"

"我的赌注存放在巴尔的摩银行里了，"巴比·凯恩干脆地说，"尼科尔如果一命呜呼了，那么赌金也就到他的继承人手中了！"

"啊！你们这两个实用主义者！"米歇尔·阿尔当大声说道，"这真是两个讲求实际的人啊，我真佩服你们，可我却无法理解你们。"

"晚上十点四十二分！"尼科尔说道。

"只有五分钟了！"巴比·凯恩应声道。

"是呀！只有短短五分钟了！"米歇尔·阿尔当应和道，"我们正关在一颗炮弹里，炮弹又置于九百英尺深的一门大炮底部！炮弹底部装上了四十万磅的火棉，等于一个六十万磅的普通火药！而我们的朋友默奇森手里拿着计时器，眼睛盯着表针，食指按在电钮上，正在读秒，马上就将把我们送上宇宙空间了！……"

"行了，米歇尔，别说了！"巴比·凯恩严肃地说，"咱们准备吧。我们离庄严的一刻只有片刻长了。朋友们，握握手吧。"

"好吧。"米歇尔·阿尔当虽然强忍着，但似乎十分激动。

三位勇敢无畏的伙伴最后紧紧地拥抱了一下。

"愿上帝保佑我们！"虔诚的巴比·凯恩说。

米歇尔·阿尔当和尼科尔在中央放着的厚软垫上躺了下来。

"晚上十点四十七分！"船长嗫嚅着。

只剩二十秒钟了！巴比·凯恩迅速地灭掉煤气灯，在他的两个同伴身旁躺了下来。

炮弹车厢里一片死寂，只听见计时器在读秒。

突然间，可怕的剧烈撞击产生了，炮弹车厢在火棉燃烧时释放出的六十亿升气体的推动下，冲向天空。

第二章

最初的半小时

怎么回事？这个可怕的撞击产生了什么后果？炮弹车厢的制造者的聪明才智获得可喜的成果了吗？在弹簧、四个缓冲装置、排水装置和易碎的隔板的保护之下，冲击减轻了吗？他们经受住了这种只需一秒钟即可横穿巴黎或纽约的每秒一万一千米的初速度的可怕的反作用力了吗？这显然正是成千上万目睹这个激动人心的场面的人心里所想问的问题。他们忘记了此次旅行的目的，而只是在考虑那三位旅行者！如果他们中间有某个人——比如马斯通——能够朝炮弹车厢内部瞅上一眼的话，那么他会看到什么呢？

什么也看不到。炮弹车厢内黑漆漆的。不过，那圆柱形和圆锥形的炮弹壁的抗力的确非常好，没有一点裂痕，没有一点弯曲，没有一点变形。这个令人赞叹的车厢在火药的猛烈燃烧下毫发无损。也没有像大家所担心的那样，化作一阵"铝雨"。

总之，炮弹车厢里没有造成什么混乱，只有几个物件被猛烈地抛向拱顶。但是，最重要的东西似乎全都承受住了撞击，他们的系索也都安然无恙。

隔板破裂，水溢了出来，活动的圆形金属地板一直下沉到炮

总之，炮弹车厢里没有造成什么混乱，只有几个物件被猛烈地抛向拱顶。但是，最重要的东西似乎全都承受住了撞击，他们的系索也都安然无恙。

弹的底部，三个躯体一动不动地躺在上面。米歇尔·阿尔当、巴比·凯恩、尼科尔还活着吗？这颗炮弹车厢难道变成了一口金属棺材，将三具尸体带往宇宙空间去了吗？

炮弹车厢发射之后几分钟，其中的一个躯体动了动，他的胳膊在活动，脑袋抬了抬，随即便跪了起来，是米歇尔·阿尔当。他摸了摸自己，发出一声"嗯"的声音，很响很响，然后便说道："米歇尔·阿尔当毫发无损，咱们来看看那两位吧！"

勇敢的法国人想要站起来，但是，却站立不住。他的脑袋在晃来晃去，血液往脑袋里涌来，他的两眼发黑，像个醉鬼似的。

"呜呼！"他吐了口气，"我像是喝了两瓶科尔东酒似的。只不过，这酒是不适合喝的！"

随后，他用手抹了好几次脑门儿，揉了揉太阳穴，便大声喊道："尼科尔！巴比·凯恩！"

他忐忑不安地等待着。没有任何回应。连一个表明他的同伴们心脏仍在跳动着的叹息声也没有。他又喊了一遍，仍旧是没有任何回应。

"真见鬼！"他嚷道，"他们像是从六楼头冲下摔了下去似的！嗯！"他带着那种天塌下来都不皱眉头的坚定信心又说道，"如果一个法国人能够跪起来，那么两个美国人就将毫无困难地站立起来。不过，咱们得先弄清情况才是。"

阿尔当感到一下子又能活蹦乱跳的了。他的血液在静静地流动，恢复了正常的循环状态。他努力了一下，让自己恢复平静。他终于站了起来，从口袋里掏出一根火柴，将火柴擦着了。然后，他把火柴凑近灯嘴，将灯点上。煤气灯没有一点受损，煤气也没有泄漏。再说，如果漏气的话，就会闻到煤气味的。而且，米歇尔·阿尔当也不会拿着一根点燃的火柴在这个满是氢气的环境中走来走去的。假如氢气与空气混合在一起的话，就会形成爆炸性气体，就可能撞击未死却因爆炸而亡了。

煤气灯一点着，阿尔当便俯身探看自己的两位同伴的躯体。两个人的身体叠摆在了一起，如同两只无生命的物体。尼科尔在上面，巴比·凯恩在下面。

阿尔当扶起船长，让他靠在一个长沙发上，用力地揉搓他的身体。经他的巧手按摩搓弄，尼科尔有了知觉，他睁开了眼睛，立刻镇定下来，抓住了阿尔当的手，最后，往自己周围看了看。

"巴比·凯恩呢？"他问道。

"你放心吧，我马上替他按摩，"米歇尔·阿尔当镇静地说，"我是先从你开始的，因为你在他上面。现在，咱们来帮帮巴比·凯恩吧。"

阿尔当和尼科尔说着便将俱乐部主席扶起，把他弄到长沙发上。巴比·凯恩似乎比他的两个同伴更加痛苦。他身上有血，但是，尼科尔发现血只是从他肩头流出来的，所以他心里踏实了：只不过是擦破了一点皮，他仔细地替伤者包扎好了。

不过，巴比·凯恩待了好一会儿才清醒过来。在这之前，他的两个同伴吓坏了，狠命地替他猛按摩了一阵。

"不过，他还有呼吸。"尼科尔说着便把耳朵贴在巴比·凯恩的胸口上。

"是的，他正像一个习惯于每天这么进行按摩的人那样在呼吸，"阿尔当附和道，"尼科尔，咱们给他按摩，用力地按摩。"

这两个临时充数的医生便努力地有效地进行按摩，巴比·凯恩的意识果然恢复了。他睁开了眼睛，坐了起来，抓住他两个朋友的手，能开口说话了。

"尼科尔，"他问道，"咱们在往上飞吗？"

尼科尔和米歇尔·阿尔当彼此对视了一眼。他们俩还没有考虑炮弹车厢是不是仍在前进。他们首先关心的是旅行者们自身的安全，没有去想这个"炮弹车厢"。

"我们真的是在往上飞吗？"米歇尔·阿尔当重复了一句。

"要不就是我们安安静静地停在了佛罗里达的地面上了？"尼科尔说道。

"或者就是待在墨西哥湾的海底了吧？"米歇尔·阿尔当又说道。

"那怎么会！"巴比·凯恩主席大声说道。

他的同伴们提的两种假设立即让他清醒过来。

不管怎么说，他们仍然无法弄清楚炮弹车厢的情况。炮弹车厢看上去一动不动，同外界又没法联系，所以无法解答这一问题。说不定炮弹车厢已经偏离空间轨道？说不定它上升不久便坠落地球，甚至是坠于墨西哥湾了？因为佛罗里达州半岛较狭窄，这种可能是完全存在的。

情况极其严重，问题关系重大，必须尽快解决。巴比·凯恩非常着急，他的精神力量战胜了身体虚弱，霍地站了起来。他听了听，外边一片死寂。当然，壁垫很厚，隔绝了地球上的一切声响。然而，有一个情况让巴比·凯恩很警觉：炮弹车厢内部的温度非常高。他立即从防护罩里取出一支温度表看了看，表上显示的是四十五摄氏度。

"没错！"他大声嚷叫着，"没错！我们是在前进！令人透不过气来的热力是从炮弹车厢外壳渗透进来的！这热力是炮弹车厢与大气层摩擦产生的。它很快便会降下来的，因为我们已经在太空飘浮着了，在几乎让我们窒息的高温之后，我们将经受严寒的考验了。"

"什么？"米歇尔·阿尔当问道，"照你的说法，巴比·凯恩，自现在起，我们将飞出大气层的边缘了？"

"绝对如此。米歇尔，你听我说，现在是晚上十点五十五分，我们出发已经有近八分钟了。如果我们的初速度没有因为摩擦而降低的话，那么只需六秒钟，我们就能够穿过围绕着地球的十六法里的大气层了。"

"没错儿，"尼科尔应声道，"可是，您认为因为摩擦，速度会降多少？"

"要降三分之一的，尼科尔，"巴比·凯恩回答道，"这种降速是很大的，而据我的测算，确实会有这么大。如果我们的初速度是一万一千米的话，出了大气层，这一速度就将降低到七千三百三十二米，不管怎么说，我们已经穿过了这段距离，还有……"

"这么说来，"米歇尔·阿尔当说道，"我们的朋友尼科尔输掉了两个赌注了：四千美元，因为哥伦比亚炮没有爆炸；五千美元，因为炮弹已经飞升到六英里以上的高度了。行了，尼科尔，交钱吧。"

"我们首先得搞清楚，"船长回答道，"然后才能付款。巴比·凯恩的推论完全有可能是正确的，那我就愿赌服输，付上九千美元。但是，我脑海里有一个新的假设出现，那就可能不知是谁输谁赢了。"

"什么假设？"巴比·凯恩赶忙问道。

"我的假设是，不管是什么原因，火药如果没有点着的话，我们就没有出发。"

"见鬼了，船长，"米歇尔·阿尔当嚷嚷道，"我不明白，这叫什么假设呀！太胡扯了！难道我们没有被震晕过去吗？难道不是我把你唤醒的吗？难道我们主席的肩膀不是因为反作用力而受伤出血的吗？"

"是的，米歇尔，"尼科尔说道，"但是，还有一个问题。"

"你说吧，船长。"

"你听见爆炸声了吗？它响得非常厉害？"

"没有听见，"阿尔当很惊奇地回答道，"确实，我并没有听到爆炸声。"

"那您呢？您听见了吗，巴比·凯恩？"

"我也没有听见。"

"怎么回事呢？"尼科尔问。

"这倒也是呀，"巴比·凯恩主席嘟囔着说，"为什么我们没有听见爆炸声？"

三个朋友面面相觑。这可是一个解释不清的现象，炮弹既然发射出去了，那就必然会发出爆炸声的呀。

"咱们首先得搞清楚我们身在何处，"巴比·凯恩说，"咱们先把舷窗打开。"

打开舷窗非常简单，一下子就办成了。他们用一把活动扳手将舷窗外面的螺栓帽拧松开，然后，将螺栓推向外面，随即用橡胶皮囊将螺栓留下的孔隙给堵上。

护窗板像活动门一样垂了下来，于是，透镜玻璃便显露出来了。第二个同样的舷窗在左面，第三个在拱顶，第四个在炮弹车厢的底部。这样就能够从四个不同的方向，透过两侧的透镜观察天穹，透过下面和上面的舷窗直接观察地球和月球。

巴比·凯恩同他的两个伙伴立刻冲向打开的舷窗。外边没一点光，一片漆黑。炮弹车厢被黑夜笼罩起来。尽管如此，巴比·凯恩主席仍然大声嚷道："朋友们，我们并没有落在地球上！也没有沉到墨西哥湾底里！真的！我们进到宇宙空间了！你们瞧瞧这些星星，它们在黑夜里闪闪发亮！瞧瞧地球与我们之间那深邃的黑暗吧！"

"太棒了！太棒了！"米歇尔·阿尔当和尼科尔声音极低地喊道。

确实，这浓浓的黑暗表明炮弹车厢已经离开地球，因为当时正值皓月当空，如果是在地球上，就能看到它。这片黑暗还表明，炮弹车厢已经穿越了大气层，否则，在空气中弥漫的扩散的光线就会在炮弹车厢的金属外壳上出现反射光，而且它也会照亮舷窗玻璃，可是，舷窗玻璃黑漆漆的。这用不着怀疑了，旅行者们已经离开地球了。

"我输了。"尼科尔说。

"我祝贺你！"阿尔当调侃道。

"喏，九千美元在这儿。"船长从口袋里掏出一沓美金来说。

"您用打收条吗？"巴比·凯恩接过美金问道。

"如果不太麻烦的话，还是打一张收条，这样正规点。"尼科尔回答道。

巴比·凯恩主席严肃而冷静地像是坐在账房里似的从口袋里

掏出自己的拍纸簿，从中撕下了一点，用铅笔写了一张正式的收条，注明日期，签字，画押，然后交给船长，船长仔细地把它放进皮夹子里。

米歇尔·阿尔当脱了鸭舌帽，一句话也没说，只是向他的两位同伴鞠了一躬。在这种情况之下，还如此这般地讲究形式，让他简直无话可说，他还从未见到过如此有"美国味"的人呢。

巴比·凯恩和尼科尔办完了手续，便站到舷窗前，看看夜空。在黑色的天幕下，一颗颗星星在闪烁着。但是，从这个方向，他们无法瞥见月亮。月亮从东往西运行，渐渐地升上天穹。为何看不到月亮，这也引发了阿尔当的深思。

"月亮呢？"他说道，"它会不会偶然间爽约了呀？"

"你就放心吧，"巴比·凯恩回答道，"我们即将踏上的那个星球就在它的位置上，只不过从我们这个方向无法瞅见它罢了，咱们把另一边的舷窗打开。"

正当巴比·凯恩要离开舷窗跑到另一边的舷窗前时，他的注意力被一个逐渐移近的发亮的物体吸引住了。那是一个大圆盘，硕大无比，无法估计它的面积。它那朝向地球的一面闪闪发亮，仿佛反射大月亮光的小月亮。它以一种神奇的速度在向前运行，仿佛在围绕着地球轨道与我们的炮弹车厢交叉在一起。这个活动体边前进边自转，如同所有遗留在空间里的天体一样。

"咳！"米歇尔·阿尔当嚷叫道，"那是个什么玩意儿？是另外一个炮弹车厢？"

巴比·凯恩没有回答。这个庞然大物的出现令他惊讶而不安。它有可能与炮弹车厢相撞，其后果则不堪设想，不是炮弹车厢偏离轨道，就是两者相撞，炮弹车厢坠落地球，或最终被这颗行星的引力吸走。

巴比·凯恩主席很快便对这三种假设的结果进行了总结，无论其中的哪一种应验，都将导致他的试验失败。他的同伴们默默地望着宇宙空间。那个大家伙逐渐在靠近，越变越大，大得惊人，而且由于某种视觉想象，炮弹车厢似乎在向它冲过去。

"上帝啊！"米歇尔·阿尔当惊呼道，"两列'火车'要撞上了！"

旅行者们不自觉地便往后猛退着。他们给吓傻了，但这种恐惧并未延续很久，顶多只有几秒钟。这个小行星在离炮弹好几百米的地方飞过去了，消失不见了，这倒并非它的运行速度太快的缘故，而是因为它的一面与月球相背，很快便融入黑漆漆的宇宙空间里了。

"一路顺风！"米歇尔·阿尔当满意地叹了口气，大声说道，"太好了！宇宙无限大，一个小小的炮弹车厢可以无忧无虑地邀游啊！不过，这个差点儿撞着我们的自命不凡的球体究竟是个什么玩意儿呀？"

"这我知道。"巴比·凯恩应答道。

"天呀！你无所不知呀！"

"这是一颗普通的流星，"巴比·凯恩说，"不过，它因为体积庞大，被地球引力吸引，成为地球卫星了。"

"这可能吗！"米歇尔·阿尔当惊奇地说，"地球像海王星一样有两个月亮呀？"

"是的，我的朋友，是两个月亮，尽管一般而言，地球像是只有一个月亮似的。但是，这第二个月亮极小，但速度却极快，所以地球居民们无法看见它。正因为考虑到某些干扰，一位名为珀蒂先生的法国天文学家才得以确定第二个卫星的存在，并计算出它的各种数据来。根据他的观察，这颗流星绕地球一圈只需三小时二十分钟，可见其速度之惊人。"

"所有的天文学家都承认这颗卫星的存在吗？"尼科尔问道。

"不是的，"巴比·凯恩回答道，"不过，他们如果像我们这样见到过它的话，他们也就不会再怀疑了。其实，我在想，这颗差点儿撞着我们的炮弹车厢，并且可能给我们造成很大麻烦的流星，却让我们确定了我们在空间的位置。"

"怎么确定？"阿尔当问。

"因为已经知道了它与地球的距离，而且，我们还与它相遇了，那么我们现在的位置与地球正好是八千一百四十公里。"

"两千多法里！"米歇尔·阿尔当惊叫道，"比我们称之为地球的这个可怜的天体上的快车要快得多呀！"

"我完全相信这一点，"尼科尔看了看他的计时器，回答道，"现在是晚上十一点，而我们离开美洲大陆只有十三分钟。"

"只有十三分钟？"巴比·凯恩问道。

"是的，"尼科尔答道，"如果我们的初速度一直保持在每秒十一公里的话，那我们每小时则可飞行一万法里呀！"

"这一切太好了，朋友们！"巴比·凯恩主席说，"但是，问题仍旧是，始终是那个无法解决的问题：我们为什么没有听到哥伦比亚炮的炮声呢？"

大家都没有吭声，交谈戛然而止。巴比·凯恩一边思索，一边动手打开第二个侧边舷窗的护窗板。护窗板打开了，皎洁的月光洒满炮弹车厢内部。尼科尔是个节俭的人，他将用不着了的煤气灯灭掉，再说，有灯光反而不利于观察宇宙空间。

月亮皎洁，清澈柔美。地球上大气层的雾气遮挡不住月光了，它透过舷窗，径直射向炮弹车厢内部，银光闪闪。天穹的黑幕更加衬托出月光的明亮，在光线无法扩散的以太[1]空间里，月亮无法遮挡住周边的星星。从炮弹车厢舷窗看出去的天空呈现出一个全新的形象，地球上的人是无法看到的。人们能够想象得到，这几个勇敢无畏的人在怀着多么大的兴趣观赏着他们此行的最后的目的地——月球。地球的这颗卫星沿着自身的轨道在不知不觉地靠近天顶，亦即它将在大致九十六小时之后要到达的那个地方。它的山峦、平原亦即所有的地形地貌，尽管并不比从地球的某个点上看上去更加清晰，但是，它的光线透过真空，变得异常明亮。圆圆的月亮宛如一面白金镜子一样光芒四射。旅行者们已经把在他们脚下遁去的地球上的一切记忆忘得一干二净了。

还是尼科尔船长第一个让大家想起已经被遗忘了的地球。

"是呀！"米歇尔·阿尔当回答说，"我们对地球不可忘恩负义。既然我们离开了故土，我们得最后看它一眼。我要在它完全从我眼里消失之前，再看一看地球！"

巴比·凯恩为了满足他的这位同伴的愿望，便动手把炮弹车厢底部的窗户的障碍物拆除掉，以便直接观察地球。被发射时的冲力推移到炮弹车厢底部的金属圆盘，毫不费力地便被拆了下来。拆下的零件被小心翼翼地靠着弹壁摆放着，以便必要时继续

---

1 以太：古希腊哲学家阿那克萨哥拉斯所设想的一种物质，为五元素之一。19世纪的物理学家，认为它是一种曾被假想的电磁波的传播媒介。但后来的实验和理论表明，如果不假定"以太"的存在，很多物理现象可以有更为简单的解释。也就是说，没有任何观测证据表明"以太"存在，因此在今天，"以太"理论已被科学界所抛弃。

使用。这时，炮弹车厢底部便露出一个五十厘米直径的圆形窗洞，洞口由一块十五厘米的铜框架箍着的玻璃板封闭着。下面还装有一块铝制板，由螺栓固定着。旋下螺帽，松开螺栓，护窗板落下，从里面就可以观察外面了。

米歇尔·阿尔当跪在窗玻璃上，外面漆黑一片，窗玻璃就好像是不透明玻璃似的。

"嘿！地球在哪儿呢？"他嚷嚷道。

"地球就在那儿呀。"巴比·凯恩说。

"什么！"阿尔当说，"就那个银白色的细成一条弯弯的线的东西呀？"

"当然是呀，米歇尔。再过四天，月圆之时，我们就抵达月球了，那就是我们的新的'地球'了。下面的地球就成了一个'月牙儿'了，很快就会从我们的眼里消失掉，将淹没在深深的黑暗中好几天。"

"啊！那就是地球呀！"米歇尔·阿尔当睁大眼睛看着他的故乡星球的细长的"月牙儿"念叨着。

巴比·凯恩主席解释得完全正确。从炮弹车厢里看过去，地球进入了"下弦"，看到的只是它的八分之一，是一个细月牙形，挂在黑漆漆的天空中。由于有厚厚的大气层，它的光线透着浅浅的蓝色，比上弦月还要暗淡一些。这个"地球月牙"却显得硕大无比，宛如一个巨大的弓张开在苍穹中。特别是在它的凹面上的几个小点，非常明亮。那是几座高山峻岭，不过，它们有时会消失在一些厚厚的暗影之下，而在月球上是看不到这些亮点的。

不过，在一种自然现象出现之后，如同月球的八分之一弧面受光时一样，可以分辨得出地球的完整轮廓来。整个地球在一种灰光的作用之下，可以辨别出来，但比月球还要灰暗一些。这种情况的出现，原因不难理解。月球上的灰暗光线是地球接收了日光反射出来的。可是，在这里却正好相反，地球上的灰暗光线则是月球反射出来的太阳光。由于地球与月球两个星体的体积有所不同，地球的光线要比月球的亮十三倍。因此，地球轮廓比月球暗，而且，必须指出，由于光渗作用，下弦时的地球的弧线要比球面的弧线还要长。

当三位旅行者正努力地想要穿透宇宙空间那一片漆黑进行观察之时，一阵流星雨在他们面前划过。数百颗流星与大气层接触，化作火花划破夜空，仿佛在地球的灰暗的部分洒遍火花。此时此刻，地球正位于近日点，而且12月正是出现大量流星的时候——据一些天文学家的计算，流星多达每小时两万四千颗。但是，米歇尔·阿尔当对科学理论不屑一顾，他更愿意相信是地球在用它最明亮的烟火欢送它的孩子们出征。

总之，他们所看到的这个隐没于黑暗中的天体——太阳系中的一个小星体——的所有一切，对于那些大行星来说，只不过是一颗普通的星星或晚星的落下或升起而已！

这个星体虽然是宇宙间的一颗几乎看不见的小星星，一颗转瞬即逝的新月形的星星，它却是旅行者们寄托了无限深情的星体。

三个同伴长久地静默着，但却是灵犀相通的。他们都在观察着，而此时此刻，炮弹车厢正以均匀递减的速度在前进着。过了一会儿，三人感到困倦，都想睡觉了。是身体疲乏还是精神困顿？毫无疑问，在经受了地球上的最后几小时的过度激奋之后，必然会产生这种困乏疲惫的感觉。

"好吧，"米歇尔说，"既然必须睡觉，那咱们就睡上一觉吧。"

三人身子一躺倒在各自的睡垫上，便立刻酣睡了。

但是，他们刚睡了没一刻钟，巴比·凯恩便突然站起身来，大声叫醒了他的两个同伴。

"我找到了！"他大声嚷叫道。

"你找到什么了？"米歇尔·阿尔当连忙蹦起来，急忙问道。

"找到我们为什么没有听见哥伦比亚炮的声响的原因了！"

"原因是什么？"尼科尔问。

"因为我们的炮弹车厢速度比声速快！"

第三章

他们安顿下来了

　　这个答案很奇怪，但肯定是正确无误的。一旦明白了原委，三个朋友又躺下来，进入了梦乡。要想安安静静地睡觉，他们还能去哪里找到比这儿更安静的地方，比这儿更平和的环境呀？在地球上，无论是城市的房屋还是乡村的茅舍，都能感受到地壳的震颤；在海上，轮船被波浪冲击，拍打着，总是摇晃不停，东倒西歪的；在空中，气球在不同的气流密度的大气里，总是或升高或下降的。只有这颗在绝对真空中，在绝对寂静中飘浮着的大炮弹向它的客人们提供了绝对安静的休息环境。

　　因此，如果不是12月2日出发八小时后的早晨七点，一个突然的声响将他们惊醒的话，这三位勇敢无畏的旅行者也许还要酣睡很久哩。

　　这个声音显然是狗的叫声。

　　"狗！是狗！"米歇尔·阿尔当腾地站起身来，大声嚷道。

　　"它们饿了。"尼科尔说。

　　"真该死！"米歇尔说，"我们竟然把它俩给忘到脑后去了！"

"它们在哪儿？"巴比·凯恩问道。

大家赶忙去找，发现长沙发下面蜷缩着一只，它被发射时的冲击波吓傻了，瘫在那个角落，直到感到饿了才叫出声来。

可爱的狄安娜还羞答答地躺在它的避难地，唤了它老半天，它也不肯爬出来。米歇尔·阿尔当在一个劲儿地哄它，安慰它，鼓励它。

"出来吧，狄安娜，"他哄它道，"出来吧，好闺女！你呀，你将在犬类年鉴上永留芳名！你呀，你会成为阿尼比斯神的伴侣，会成为基督教徒圣罗克[1]的女友！你呀，你应该被地狱魔王铸成一座青铜雕像，如同朱庇特以一个吻的代价给美丽的女神欧罗巴的那只叫图图的狗一样！你呀，你的威名将胜过蒙塔尔纪和圣贝尔纳山的英雄们！你呀！将飞往星际空间，也许会成为月球犬中的夏娃！你呀，你将在天庭证明图斯内尔[2]的话言之有理，他说：'开天辟地，上帝创造人，但看到人很软弱，便给了人一条狗。'过来，狄安娜！快到这儿来！"

狄安娜是被哄住了还是没被哄住，谁也不清楚，反正它一点点地往前爬过来，还呜呜地哼唧着。

"好呀！"巴比·凯恩说，"我看见'夏娃'了，可是'亚当'在哪儿呀？"

"亚当！"米歇尔在喊叫，"亚当不会离得太远！它就在附近什么地方！卫星！过来呀，卫星！"

但卫星却没有出现。狄安娜仍在哼唧着。大家发现它现在根

---

1 圣罗克（1295—1327）：圣罗克一生誓做鼠疫患者的护理者，有一次，他病倒在旷野里，被一只狗救了一命。
2 图斯内尔（1803—1885）：法国新闻记者、作家。

本没有任何伤处，便给了它一些好吃的食物，它就不再哼唧了。

卫星似乎找不到了，大家分头找，终于在炮弹车厢高处的一个格子里找到了它。实在是弄不明白，那一个撞击怎么就把它给抛到了那么高的地方去了。可怜的"亚当"伤得不轻，可怜兮兮的。

"见鬼！"米歇尔说，"都怪我们没好好地训练它！"

大家小心翼翼地将它抱了下来。它的脑袋撞到圆顶上，已撞破了，看来它一时间很难康复。不过，它倒是舒舒服服地躺在了一张软垫上，一躺上去，便哼唧了一声。

"我们会照料你的，"米歇尔说，"我们会对你的生命负责的。我宁可断掉一只胳膊也不愿意让我可怜的卫星坏掉一只爪子的！"

他边说边喂了卫星几口水，卫星咕噜咕噜地喝了下去。

照料了两只狗之后，旅行者们便专心致志地观察地球和月球。地球只显现成一个灰暗的圆盘，是一个月牙形，比头一天更小，但是，同越来越靠近一个浑圆的月球相比，仍然是硕大无比的。

"见鬼！"米歇尔·阿尔当说道，"我真的很气恼，我们为什么不在地球'月圆'之时出发呀，也就是说我们要是在地球与太阳相对之时出发该多好呀！"

"为什么呀？"尼科尔问。

"因为那样的话，我们就可以在新的一天里看到我们的陆地和海洋了，它们会在阳光的照射下闪闪发亮，而海洋的颜色要更深一些，如同一些世界地图上所描绘的那样。我要是能看到地球的两极该有多好啊，人类的眼睛还从未看到过它们呢！"

"那当然好啰，"巴比·凯恩回答道，"但是，地球如果是'满月'的话，那么月球就是新月了，也就是说，在阳光的照射下，就看不到月球了。因此，对于我们来说，宁可看到目的地也比看到出发点要好。"

"您说得很有道理，巴比·凯恩，"尼科尔船长赞同道，"不过没关系，当我们到达月球的时候，正值月球的漫漫长夜，我们有的是时间，可以不急不忙地观察那颗我们的同类熙熙攘攘地挤在一起的星球！"

"我们的同类！"米歇尔·阿尔当喊叫道，"可是现在，他们只是地球人，而不是我们的同类！我们现在居住在一个新的世界里，只是住在炮弹车厢里，只有我们几个！我是巴比·凯恩的同类！而巴比·凯恩是尼科尔的同类。除了我们，没有人类了，唯有我们三个人是这个微型世界里的居民，直到我们变成普通的月球人之前！"

"再过将近四十八小时。"船长反驳道。

"那是几点钟呀？"米歇尔·阿尔当问道。

"早上八点半。"尼科尔回答道。

"好吧，"米歇尔说，"我看不出我们有什么理由不马上先吃点饭。"

确实，这个新星球上的居民也不能待在上面不吃不喝，他们的胃不吃东西也照样扛不住的。作为一个法国人，米歇尔·阿尔当声称自己是个烹饪大师，厨师这个角色非他莫属，无人能同他竞争。煤气很足，炉火正旺，食物箱里有的是盛宴所需的食材。

早餐先上三杯鲜美的浓汤，是用南美潘帕斯大草原上的反刍动物肥美部位的肉块制作的有名的利比希饼加上开水冲泡而成的。

除了牛肉浓汤之外，还有几块压缩牛排，鲜嫩可口，与英国咖啡馆厨房中制作的牛排可以媲美。想象力极其丰富的米歇尔甚至认为它们同只有三成熟的牛排一样鲜美。

接着牛排上来的是罐头蔬菜，可爱的米歇尔说它"比新鲜蔬菜还要新鲜"。最后，上了美式的茶和抹了黄油的面包片，大家都称赞茶浓香醇厚。这是俄国沙皇赠送的上等茶叶泡制的，沙皇送了几箱这种茶叶供三位旅行者饮用。

最后，为了早餐的尽善尽美，阿尔当拿出一瓶上等的"黑夜牌"葡萄酒，说是偶然在食品柜里发现的。三个朋友于是便举起杯来祝愿地球与其卫星团结起来。

接着，仿佛勃艮第山坡上酿造的这瓶佳酿也不够劲儿似的，太阳也想要参加这个宴会。此时此刻，炮弹车厢正从地球投射的阴影中走出来，万道金光因月球轨道与地球轨道的交角关系，直射到炮弹车厢底部。

"太阳出来了！"米歇尔·阿尔当大声喊道。

"是太阳，"巴比·凯恩说，"我正等着它呢。"

"不过，"米歇尔说，"地球在宇宙空间留下的圆锥形阴影伸展到月球以外了？"

"如果不计算大气层的折射，阴影延展得还要更远，"巴比·凯恩说，"不过，月球被这个阴影包围住的话，那是因为太阳、地球和月球这三个星球是在一条直线上。如果正好是满月的话，就会出现日食，而如果我们正好在这一时刻出发的话，我们全程都将陷于阴影之中，那就麻烦得很了。"

"为什么呢？"

"因为尽管我们飘浮在太空，但我们的炮弹车厢沐浴在阳光之中，它将吸收光和热。因此，我们可以节约煤气，从各个方面来看，这种节约是很宝贵的。"

确实，因为没有大气层的影响，不至于让温度和阳光减弱，所以我们的炮弹车厢里面暖融融的，而且非常明亮，仿佛突然间从冬季进入到夏季了。月球在上方，太阳在下方，上下两边都在温暖着我们的炮弹车厢。

"这里面真舒服啊。"尼科尔说。

"我觉得确实如此！"米歇尔·阿尔当大声地说，"如果能在我们的铝制星球上铺上一层腐殖土的话，我们就能在二十四小时内种出豌豆来。我唯一有所担心的是，炮弹车厢壁千万可别熔化了！"

"你就放心吧，我尊敬的朋友，"巴比·凯恩回答道，"炮弹车厢在大气层上运行的时候，就已经承受了极高的气温了。即使佛罗里达的观众们看到它像一只火球，我也不会担心什么的。"

"可是，马斯通大概会以为我们被烤焦了。"

"我们惊讶的是，我们并没有被烤焦，"巴比·凯恩说，"这可是我们先前所没有预计到的。"

"我先前可是一直在担心着的。"尼科尔淡淡地说道。

"可是你怎么没早点告诉我们呀，伟大的船长！"米歇尔·阿尔当握住船长的手大声说道。

这时候，巴比·凯恩便忙着布置炮弹车厢内部，仿佛他要永远留在里面不走似的。大家记得这个空间炮弹车厢的底部面积有五十四平方英尺。底部到顶部为十二英尺，安排得极其合适。旅行的工具和器皿各居一处，没有乱堆乱放，这给三个旅行者留下了宽敞的活动空间。嵌于底部的那个厚厚的窗户能够承受极大的重量，不致破碎。因此，巴比·凯恩和他的同伴们活动自如，就像走在一种坚实的地板上，但是，阳光直接地照射着它，从它的下部照上来，留下一些奇特的影子。

他们先着手检查水箱和食物箱。这些容器都做了防震措施，所以没有一点损坏。食物很充足，足够三位旅行者食用整整一年。巴比·凯恩生怕炮弹车厢落在月球上一个荒芜无物的地方，所以早已有所准备。至于水和五十加仑的烧酒，只够两个月的饮用。不过，据天文学家们最近的一些观察，月球上有一层薄薄的大气层，密度较大，至少在它的深层地区是这样，那儿不会没有溪流，没有水源的。因此，在旅途中和在月球大陆上安顿下来之后的一年时间里，勇敢无畏的探险者们大概不会遭受饥渴之苦。

至少，炮弹车厢内的空气问题是无须担忧的。莱赛和雷格诺装置就是用来制造氧气的，可以提供两个月的氯酸钾。当然，它会消耗一定量的煤气，因为必须让生产氧气的材料保持在四百摄氏度以上。不过，这个问题也不用担心，因为煤气很充足。再者，这个装置无须太操心，它是自动运转的。在四百多摄氏度的高温之下，氯酸钾将变成氯化钾，能释放出它所含的全部氧气。十八磅的氯酸钾到底可以产生多少氧气呢？能够产生七磅氧气，足够炮弹车厢中的旅行者们每日之所需。

但是，光是更新用过的氧气仍然不够，还得吸收呼出的二氧化碳。而在十二个小时左右之后，炮弹车厢内已经充溢着这种有毒气体，这种有毒气体是血液元素经吸收的氧气燃烧之后所产生的。尼科尔在看到狄安娜艰难的呼吸状态时便知道空气状况不佳了。确实，二氧化碳——在著名的"狗岩洞"内就有同样的情况发生——由于其重量的缘故，总是沉积在底部。可怜的狄安娜因为脑袋总是垂着,所以比它的主人们更早地受到伤害。尼科尔见此情景,便立即在炮弹车厢底部取出好几只盛着苛性钾的容器,摇晃了一阵,然后放在地上。这种物质极易吸收二氧化碳,所以不一会儿便将炮弹车厢内的有毒气体吸收掉,净化好了。

于是,大家便着手清点检查仪器。温度计和气压计经受住了撞击,只有一只最低温度计的玻璃管破碎了。他们便从存放精良无液气压表的塞满棉花的盒子里取出了一只来,挂在炮弹车厢的壁上。当然,它只经得住并显示出炮弹车厢内部的空气压力,同时它也能显示空气中的温度。此刻,它的指针在七百六十五毫米上下摆动着。这表明现在是个大晴天。

巴比·凯恩也带来了好几个指南针,它们全都完好无损。大家都知道,在这种环境中,指南针会疯狂地转动,也就是说,没有指向固定的方向。的确,由于炮弹车厢所在位置的关系,两极的磁力不可能对仪器产生明显的作用。但是,到了月球上,它也许就能测量上面的特殊现象了。总而言之,能够确定地球卫星是否也像地球一样受到磁力的影响,这倒是很有趣的。

炮弹车厢里,还有一个测量月球山脉高度的测高仪、一个测量太阳高度的六分仪、一个旨在测绘平面图和测量与地平线的角度的大地测量仪——经纬仪、一个接近月球时不可或缺的望远镜,所有这些仪器都仔细地检查过,虽然受到过猛烈的震动,但却完好无损。

而器皿、镐、锄和尼科尔精心挑选的各种工具,以及米歇尔·阿尔当打算在月球上移种的树苗和一袋袋种子,全都安然无恙地放在炮弹车厢上部的位置上。那上面有一个像谷仓似的地方,大手大脚的法国人在那儿堆满许多东西。都是些什么东西呢？这个快乐的法国小伙子没有说，另两位也并不知晓。米歇尔·阿尔当时不时地爬上固定在壁上当作扶梯的一个个防滑钉，上到那儿去巡视一番。他整理这个，挪动那个，把手匆匆地伸进一个个神秘的盒子里，一边还哼着不成调的法国老歌老调，自得其乐。

巴比·凯恩兴致勃勃地察看了他的火箭和其他的一些引爆剂，它们全都没有问题。这些重要的东西，极其沉重，在炮弹车厢穿过失重线之后，因受到月球的引力作用而下降，降低下降的速度，落在月球表面。不过，在月球上的下降速度只是在地球上下降的物体速度的六分之一，这是因为两个星球的质量不同。

检查完了之后，大家都非常满意。随后，三人便又回到侧窗和底窗去观察宇宙空间了。

景象依然。天穹上满是星辰和星座，清晰明亮，足以使一位天文学家高兴得发疯。一边是太阳，它那光辉夺目的圆盘，好似炉火熊熊的炉口，金光闪闪，光芒四射，没有圆晕，雄踞在黑色的天空背景下。另一边是月球，仿佛静止在星河中间，向无边无垠的宇宙抛洒太阳的反光。接着是一个很大的黑盘，似乎把天穹戳了一个大窟窿，半边还镶有一条银线，那是地球。这边那边，一团团星云仿佛恒星世界里的一片片奇大无比的雪片。从天顶到天底，悬着一条细沙般的星星组成的环形白带，这就是银河。而在星河系中，太阳只不过是一个四等大小的星辰而已！

观察者们被这一如此新奇的景象牢牢吸引，不愿离开，这番美景真的是无法描述。它让他们产生了多少遐想啊！它在他们的心中激起多么新颖奇异的想象啊！巴比·凯恩在这番情感的激发下想要动手写旅行日记，他把开始时的桩桩件件全都记录下来。他在用他那粗大方正并带着一点商业性质的字体安静地写着。

这时候，尼科尔这位数学家在重新研究他的轨道公式，极其娴熟地在计算着数字。米歇尔·阿尔当忽而与巴比·凯恩聊一聊，可巴比·凯恩却默不作答；忽而同尼科尔说道说道，可尼科尔也没在听；他想同狄安娜聊上一会儿，可它却一点也听不懂他的那些理论。最后，他只好自言自语，自问自答，走来走去，东摸摸西弄弄，忽而弯下身子看看底窗，忽而又上到炮弹车厢顶部，嘴里始终哼着小曲。在这个微小的天地里，他那份法国人的骚动不安，没着没落，暴露无遗，毋庸置疑，他真的是个待不住、闲不住的典型。

白日里，或者不如说是地球上的一个白昼的十二个小时（因为这个说法不很确切）里，旅行者们最后做的一件事是精心准备一顿丰盛晚餐。到目前为止，尚未出现动摇旅行者们信心的任何事情。因为他们满怀信心，坚信胜利在握，所以能够心平意静地入睡。而此时此刻，炮弹车厢正以一种平均递减的速度在穿越天空。

第四章

学点代数

一夜无话。说实在的，"夜"这个词并不确切。

炮弹车厢与太阳的相对位置没有改变。用天文学家的话来说，炮弹车厢的底部是白天，而黑夜则是在它的上方。因此，在本书的叙述中，使用了"白天"和"黑夜"这两个词，但两个词所指的是太阳在地球上升起和落下的那段时间。

三位旅行者睡得十分香甜。尽管炮弹车厢的速度很快，但它似乎纹丝不动，没有任何一点动静让人感到它在穿越宇宙空间。当它位于真空里，或者周围的空气与它一起移动时，它行进得无论有多么迅速，都不能够影响人的机体。有哪一位地球居民能感觉出地球的速度来？而地球却是每小时要运行九万公里的呀。在这种情况之下，运动与静止是感觉不出来的。因此，任何物体在这中间都受不到丝毫影响。一个静止的物体，如果没有任何外力的推动，它将永远处于一种静止状态。如果它处于运动状态的话，那么，在没有任何障碍阻止它的情况下，它就不会停止下来。这种运动或静止的不变性，就叫作惰性。

巴比·凯恩和他的两个同伴因此就可以认为自己处于一种绝

对静止的状态当中，因为他们被关闭在炮弹车厢内。不过，如果他们身在炮弹车厢外面，其结果也会是同样的。如果月亮不是在他们的上方变得很大的话，他们就会认为自己飘浮在一种完全静止的状态中了。

12月3日这天早上，旅行者们被一阵没有预料到的欢快叫声惊醒，那是雄鸡在炮弹车厢内引吭高歌。

米歇尔·阿尔当第一个爬起来，一直上到炮弹车厢的顶部，将一只微微开启的箱子关好。

"你能不能不叫呀？"他轻声细语道，"你这个坏东西想坏我的大事呀！"

这时候，尼科尔和巴比·凯恩也醒了。

"哪儿跑来的公鸡呀？"尼科尔问。

"不是的，我的朋友！"米歇尔连忙回答道，"是我想要学鸡叫叫醒你们。"

他一边说着，一边发出一阵响亮的雄鸡啼鸣声，而且学得像极了，甚至胜过真正雄鸡的叫声。

两个美国人不禁哈哈大笑起来。

"真是天才！"尼科尔一脸狐疑地看着他的这个同伴。

"没错，"米歇尔回应道，"在我们国家，大家就喜欢这么开玩笑。这有浓厚的高卢人的风格。我们在上流聚会里也是这么学公鸡叫的。"

接着，他转换话题，对巴比·凯恩说道："巴比·凯恩，你知道我一整夜都想了些什么吗？"

"不知道。"巴比·凯恩主席说。

"我在想我们的那些剑桥天文台的朋友们。你已经发现我是个有名的数字盲。因此，我无法猜测出天文台的那些科学家们是怎么能够计算出炮弹车厢离开哥伦比亚炮飞向月球的初速度的。"

"你是想问，"巴比·凯恩回答道，"到达地球引力和月球引力保持平衡的失重线的速度吧。因为到达那儿时，也就是说，到达炮弹车厢的旅程约十分之九的地方，它就会因本身的重量而降落在月球上了。"

"即使如此，"米歇尔又问道，"但是，我再问一句，他们又是怎样计算出它的初速度来的呢？"

"没有什么比这更容易的了。"巴比·凯恩回答道。

"你也能做这种计算？"米歇尔·阿尔当追问道。

"完全可以。如果不是天文台已经有了计算结果，用不着我们再去费心劳神了的话，尼科尔和我也能计算出来的。"

"真棒，巴比·凯恩老友，"米歇尔称赞道，"你就是拿刀劈了我，我也算不出来！"

"因为你不懂数学。"巴比·凯恩轻描淡写地回答道。

"哎，你们这帮专门研究'x'的人呀！你们以为就说一个词'数'，就能让人什么都明白了？"

"米歇尔，"巴比·凯恩对他说，"你相不相信没有铁锤照样可以打铁，没有铁犁照样可以耕地呀？"

"很难相信。"

"喏，数学就是一种工具，如同铁犁或铁锤一样，对于懂得使用它的人来说，它就是个好工具。"

"是吗？"

"绝对如此。"

“你能不能当着我的面使用一下这个工具呀？”

“如果你对它感兴趣的话，我就使用给你看一看。”

“你是说要向我展示我们炮弹车厢的初速度是如何计算出来的吗？”

“是的，我尊敬的朋友。我可以根据这一问题的各种数据，也就是说，根据地球中心到月球中心的距离、地球的半径、地球的质量，准确无误地推算出炮弹车厢的初速度来，而这只需要运用一种简单的方式即可。”

“那就看看你那个公式吧。”

“你会看到的，不过，我就不给你画炮弹车厢在月球与地球中间实际穿越的曲线图了，因为这两个星球在围绕太阳运转。喏，我将把它俩视作静止不动的，这就足够了。”

“为什么呀？”

“因为只需找到人们所说的‘三个物体的问题’的那种问题，答案便有了，而且，积分学还不够先进，无法解决这一问题。”

“哟，”米歇尔·阿尔当不屑地说，“这么看来，数学尚不完善呀？”

“当然还不完善。”巴比·凯恩回答道。

“好吧，也许月球人的积分学要比您的更加先进点！什么是积分学呀？”

“积分学是与微分学相反的一种计算方法。”巴比·凯恩严肃地回答道。

“我洗耳恭听。”

“换句话说，就是一种通过微分来求数的有限量。”

"起码这句话还比较明白易懂些。"米歇尔较为满意地回答道。

"现在，"巴比·凯恩接着说道，"只要有一张纸和一支铅笔，我用不了半小时就能够列出你所需要的公式。"

说完这话，巴比·凯恩便埋头计算起来，此时，尼科尔仍在观察空间，让他的同伴去忙着准备早餐去了。

还不到半小时，巴比·凯恩便抬起了头，把一张写满了数学符号的纸拿给米歇尔·阿尔当看。符号中间有下列的这个总公式：

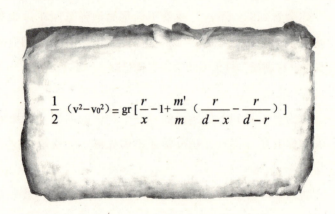

$$\frac{1}{2}(v^2 - v_0^2) = gr\left[\frac{r}{x} - 1 + \frac{m'}{m}\left(\frac{r}{d-x} - \frac{r}{d-r}\right)\right]$$

"这是什么意思呀？"米歇尔问道。

"它的意思是，"尼科尔回答他说，"二分之一乘以v^2与v_0^2之差，等于gr乘以方括号x分之r减一，再加上m分之m'乘以小括号d与x之差分之r减去d与r之差分之r小括号，然后是方括号。"

"x骑着y，y又骑着z，z又骑着p，"米歇尔·阿尔当哈哈大笑地说，"你懂这个玩意儿，船长？"

"这是再清楚明白不过的了。"

"算了吧！"米歇尔说，"不过，这倒是很清楚的，但我不想再讨教了。"

"你真是说话不算数！"巴比·凯恩批评他说，"你想学点数学，可你又觉得厌烦！"

"我宁愿被吊死！"

"说实在的，"尼科尔用行家的目光检查了这个公式之后，接过来说，"我觉得你的这个公式太好了，巴比·凯恩。这是几种运动中的力的一个完整的公式，我深信它能让我们找到要寻找的答案。"

"我还真的很想弄懂它呢！"米歇尔大声地说，"哪怕用尼科尔十年寿命作为代价，我也要搞明白的！"

"你就好好地听着吧，"巴比·凯恩打断米歇尔说，"二分之一v^2与v_0^2之差，就是这个公式的含义，它在告诉我们动能变化的二分之一。"

"很好，但尼科尔知道这个含义吗？"

"当然知道啰，米歇尔，"船长回答道，"所有这些你觉得神秘莫测的符号，对于能够读懂它的人来说是一清二楚，明白无误的。"

"尼科尔，你的意思是说，"米歇尔问道，"有了这些比埃及白鹳鸟的文字更难懂的象形文字，你就能找到炮弹车厢所需要的初速度了？"

"毫无疑问，"尼科尔回答道，"我甚至可以这么说，根据这个公式，我都可以告诉你炮弹车厢在任何一个点上的速度。"

"你说的是真的？"

"绝对是真的。"

"这么说来，你同我们主席一样精明了？"

"不，米歇尔，困难的是巴比·凯恩所做的那些事。那就是要列出一个公式，就必须考虑问题的方方面面的条件。剩下来的只不过是一个算术问题，只要求四则运算就可以了。"

"这就很了不起了！"米歇尔·阿尔当说，他一辈子做加法都没做对过一次，"就像中国的七巧板游戏似的，可以拼出无数的图形来。"

这时候，巴比·凯恩便说，尼科尔如果仔细思考一下这个问题的话，他也肯定能引出这一公式的。

"这我可说不准，"尼科尔说，"因为我越是研究它，就越觉得它妙不可言。"

"现在，你听好，"巴比·凯恩冲他那位无知的同伴说，"你看到的所有的这些符号都是有含义的。"

"愿闻其详。"米歇尔无奈地说道。

"d，"巴比·凯恩说，"是地球的中心到月球的中心的距离，因为它们是计算引力的中心。"

"这个我懂。"

"r是地球的半径。"

"r，半径，没错。"

"m是地球的质量，m'是月球的质量。事实上，我们必须考虑这两个互相吸引的物体的质量，因为引力的大小是同质量成正比的。"

"这是当然的。"

"g代表重力，代表一个物体朝着地球降落时一秒钟所坠落的距离。这清楚吗？"

"非常清楚！"米歇尔回答。

"现在，我用x代表炮弹车厢和地球中心不断变化的距离，用v代表炮弹车厢在这个距离的速度。"

"好。"

"最后，方程式中的v_0代表炮弹车厢穿过大气层之后的速度。"

"其实，"尼科尔说，"必须在这个点上计算这时的速度，因为我们已经知道初速度正好是穿出大气层之后的速度的一又二分之一倍。"

"这儿我又不懂了！"米歇尔说。

"这个问题非常简单。"巴比·凯恩说。

"可我却觉得不简单呀。"米歇尔回答道。

"这也就是说，当我们的炮弹车厢到达大气层最后边界时，已经丧失其三分之一的初速度了。"

"失掉那么多呀？"

"是呀，我的朋友，这仅只是它在同大气层摩擦导致的。你很清楚，它越是运行得快，就越是受到空气的阻力的影响。"

"这一点我同意，"米歇尔回答道，"而且，我也明白这一点，尽管你的那个什么v^2呀，v_0^2呀把我的脑袋都给搅糊涂了！"

"这是数字的第一步，"巴比·凯恩又说，"现在，为了解决这一问题，我们将这些不同的符号的已知数代进去，也就是说，把它们的数值代进去。"

"你干脆干掉我算了！"米歇尔叫唤道。

"这些符号，"巴比·凯恩说，"有一些是已知数，而其余的则需要计算。"

"我们计算它们吧。"尼科尔说。

"咱们来看看r,"巴比·凯恩又说,"r代表地球的半径,它在我们的出发地佛罗里达的纬度等于六百三十七万米。d代表地球中心到月球中心的距离,等于五十六个地球半径,也就是……"

尼科尔立马进行了运算。

"也就是,"他说道,"在月球位于近地点时,亦即离地球最近的时候,等于三亿五千六百七十二万米。"

"正确,"巴比·凯恩说,"现在,m'与m之比,也就是说,月球的质量与地球的质量之比,等于一比八十一。"

"太棒了!"米歇尔说。

"g等于重力,在佛罗里达时它是九点八一米。因此,gr等于……"

"六千两百四十二万六千平方米。"尼科尔回答。

"那现在呢?"米歇尔·阿尔当问道。

"现在,这些符号已经代进去了,"巴比·凯恩回答道,"我将寻找v_0的数据,也就是说,炮弹车厢离开大气层,到达地球和月球的引力彼此抵消时的速度。既然此刻其速度等于零,而x这个中心点的距离便由d的十分之九来代表,也就是说,位于两个星球中心距离的十分之九上。"

"我模模糊糊地感觉到应该就是这样的。"米歇尔说。

"因此,我便可以得出这样的结论:x等于d的十分之九,而v等于零,那么,我的公式便是……"

巴比·凯恩很快地便把它写在了纸上:

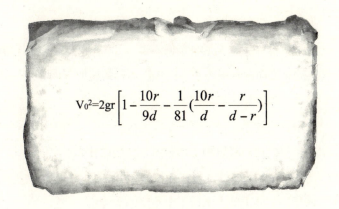

$$V_0{}^2=2gr\left[1-\frac{10r}{9d}-\frac{1}{81}\left(\frac{10r}{d}-\frac{r}{d-r}\right)\right]$$

尼科尔贪婪地看着这个公式。

"就是这样！就是这样！"他大声嚷嚷道。

"清楚吗？"巴比·凯恩问道。

"一清二楚。"尼科尔回答说。

"你们俩太棒了！"米歇尔喃喃地说。

"你总算明白了吧？"巴比·凯恩问道。

"我明白了？"米歇尔·阿尔当大声嚷嚷道，"我的脑袋都要炸了！"

"因此，"巴比·凯恩接着说道，"$v_0{}^2$等于两个gr乘以，一减去九d分之十r，减去八十一分之一乘以d分之十r与d减r之差分之r的差。"

"现在，"尼科尔说，"为了求出炮弹车厢穿越大气层的速度，只需进行运算即可。"

船长是一位能够解决各种难题的专家，他以惊人的速度开始演算起来。除法、乘法很快便在他的手指下列出长长的一串来。数字像冰雹一样纷纷落在白纸上。巴比·凯恩专注地看着他，而米歇尔·阿尔当则双手按住太阳穴，因为他的偏头疼开始犯了。

"好了吗？"沉默了几分钟之后，巴比·凯恩问道。

"好了，算完了，"尼科尔回答道，"v_0，也就是炮弹车厢离开大气层的速度向两种引力相等的地方运行的速度应该是……"

"多少？"巴比·凯恩问。

"在第一秒钟里，是一万一千零五十米。"

"啊！"巴比·凯恩蹦了起来说，"您说什么？"

"一万一千零五十米。"

"该死！"俱乐部主席做了个绝望的手势说。

"你怎么了？"米歇尔·阿尔当非常惊讶地问。

"我怎么了？在这一时刻，由于空气的摩擦，速度已经降低了三分之一了，初速度大概是……"

"一万六千五百七十六米！"尼科尔答道。

"可剑桥天文台声称初速度只需一万一千米足矣，可是我们的炮弹车厢出发时的速度就是这个呀！"

"那又怎么样？"尼科尔问。

"怎么样？这一速度是不行的！"

"哦！"

"我们将无法飞抵失重线！"

"真见鬼了！"

"我们甚至走不到一半的路程！"

"天杀的炮弹车厢！"米歇尔·阿尔当像是炮弹车厢要撞上地球了似的，腾地跳了起来，大声吼叫道，"我们将要重新落在地球上了！"

第五章

太空的酷寒

这个意外情况犹如晴天霹雳。谁能料到会出现这种计算错误呀？巴比·凯恩怎么也不愿相信这一情况。尼科尔又检查了一次自己的数字，完全准确无误。至于得出这些数字的公式，没人会怀疑它是错的，而他又检查了一遍之后，很清楚，炮弹车厢达到没有引力的地方必须具有的每秒初速度是一万六千五百七十六米。

三位朋友沉默不语地互相看着，没人想到要吃早饭了。巴比·凯恩咬着牙齿，眉头紧蹙，痉挛地握紧拳头，透过舷窗观察着。尼科尔抱着手臂，仔细地核对他的计算数字。

米歇尔·阿尔当喃喃地说："这帮蠢货学者！他们从来干不出什么好事！我愿意出二十个皮斯托尔¹，跳到剑桥天文台上，把它同它里面的数据全都毁掉！"

突然间，船长冲着巴比·凯恩说了一个想法。

"唉！"他说道，"现在已经上午七点了。我们都飞行了有三十二个小时了，已经飞过一半的路程，而据我所知，我们却并

---

1 皮斯托尔：西班牙古币名。

没降落。"

巴比·凯恩没有吭声。但是，他在匆匆地瞅了一眼船长之后，便拿起一只罗盘，用来测算一下地球的角度。然后，他又透过底部的舷窗，进行了非常精确细致的观察，因为炮弹车厢表面上是完全静止不动的。然后，他抬起头来，擦去了额头上的汗水，在纸上写下几个数字。尼科尔明白俱乐部主席想要通过地球的直径来测算炮弹车厢与地球之间的距离。他忧心忡忡地看着巴比·凯恩。

"对！"片刻之后，巴比·凯恩便大声说道，"对，我们并没有坠落！我们已经离地球有五万多法里了！如果炮弹车厢的速度在出发时只有一万一千米的话，它本应该会停下来的，而我们已经越过了这个点了！我们仍然在上升！"

"这是很明显的，"尼科尔应声道，"因此，我们可以得出一个结论：在四十万磅烈性炸药的猛力推动下，我们的初速度已经超过了所要求的一万一千米了。因此，我认为，我们仅仅在十三分钟之后就已经遇到了地球的第二颗卫星，它正在离地球两千多法里的地方，围着地球转哩。"

"这种解释很可能是正确的，"巴比·凯恩赞同道，"炮弹车厢的隔离板破裂，里面的水喷射而出之后，突然减轻了很多重量。"

"没错！"尼科尔说。

"啊，我正直的船长，"巴比·凯恩大声说道，"我们得救了！"

"好了，"米歇尔·阿尔当心安地说，"我们既然得救了，那就吃早餐吧！"

确实，尼科尔并没弄错。幸好，炮弹车厢的初速度超过了剑桥天文台所指明的速度，但是，它的数据仍然是错误的。

旅行者们虚惊一场后，便坐了下来，高高兴兴地吃早餐了。他们食欲旺盛，交谈甚欢。

"我们怎么会不成功呀？"米歇尔·阿尔当说个没完，"我们怎么会到不了目的地呀？我们已经出发了。我们前方不会有什么障碍的。我们一路上不会有拦路虎的。道路畅通！比海上与海湾搏斗的轮船都更加顺利，比飘在天上的与大风搏击的热气球都要顺顺当当！既然受到大风阻挡的轮船都能到达目的港，既然热气球能在天上自由飘荡，那为什么我们的炮弹车厢就不能抵达所确定的目的地呢？"

"它肯定能到达目的地的。"巴比·凯恩说。

"即使是为了美国人民的荣誉，"米歇尔·阿尔当又说道，"也只有美国人民能够完成这样的一个壮举，只有美国人民能够产生一个巴比·凯恩主席！嗯！我在想，我们现在不再焦虑不安了，我们又怎么过活呢？我们将无聊极了呀！"

巴比·凯恩和尼科尔摆了摆手，不以为然。

"不过，我事先预料到这种情况了，"米歇尔·阿尔当又说道，"你们只要说一声，象棋、跳棋、多米诺骨牌，我样样都有！我就缺少一张桌球台！"

"怎么！"巴比·凯恩问，"你把这些破玩意儿都带来了？"

"那当然，"米歇尔回答道，"这倒并不是单纯为了消遣，也是为了丰富丰富月球咖啡馆的娱乐生活嘛。"

"我的朋友，"巴比·凯恩说，"如果月球上有人居住的话，月球人将比地球人早出现几千年的。因为毋庸置疑，这个星球比我们的星球更加古老。如果月球人已经存在了几十万年，如果他们的大脑与地球人的大脑组织结构相同的话，他们早就发明创造了我们已经发明的一切了，甚至已经发明创造了我们地球人再过上几个世纪才会发明创造的东西。他们将没有任何要向我们学习的东西，而我们则将向他们学习所有的一切。"

"什么！"米歇尔反驳道，"你认为他们已经有了像菲迪亚斯、米开朗琪罗或拉斐尔那样的艺术家？"

"是的。"

"也有像荷马、维吉尔、弥尔顿、拉马丁、雨果那样的诗人？"

"毫无疑问。"

"也有像柏拉图、亚里士多德、笛卡尔、康德那样的哲学家？"

"绝对有。"

"也有像阿纳尔那样的喜剧演员，像……像纳达尔那样的摄像家？"

"肯定有。"

"如此说来，巴比·凯恩朋友，如果他们同我们一样棒，甚至比我们更棒的话，那这些月球人，他们为什么没有尝试过同我们地球人联络一下呢？他们为什么不发送一个月球炮弹车厢到地球上去呢？"

"谁告诉你说他们没有这么尝试过？"巴比·凯恩严肃认真地回答他说。

"说实在的，"尼科尔补充说，"这么做，他们比我们更容易，原因有二：一，因为月球的引力只有地球的五分之一，这便使得发射一个炮弹车厢更加容易；二，因为他们只需把这个炮弹车厢发射到八千法里的高空即可，而无须发射到八万法里，这样的话，只需要十分之一的发射火力即可。"

"既然如此，我再问一遍，他们为什么没有这么做呢？"米歇尔反问道。

"那我也再说一遍，"巴比·凯恩反驳道，"谁告诉你说他们没有这么尝试过？"

"那他们是什么时候做过的？"

"几千年前，地球上还没有出现人类之前。"

"那么，炮弹车厢呢？炮弹车厢在哪儿呀？我要看看炮弹车厢！"

"我的朋友，"巴比·凯恩回答道，"你真的是伶牙俐齿，我对你的睿智佩服不已。不过，有一种假设，对我比任何的假设都有利，那就是月球人虽然比我们古老，比我们聪明，但却没有发明火药！"

这时候，狄安娜汪汪地叫了起来，参加了他们的讨论——它要吃早饭了。

"啊！"米歇尔·阿尔当说，"我们一个劲儿地在争论，忘了狄安娜和卫星了！"一盆丰盛的狗食端给了狄安娜，它狼吞虎咽地吃了起来。

"看见没有，巴比·凯恩？"米歇尔说，"我们本该将这个炮弹车厢做成第二个诺亚方舟，把我们地球上的各种家养动物都各带上一对到月球上去的。"

"那是当然，"巴比·凯恩回答道，"可是地方不够啊。"

"那就彼此稍微挤一挤嘛！"

"问题是，"巴比·凯恩说，"黄牛、母牛、公牛、马等所有这些反刍动物在月球上会对我们有用的，但是，遗憾的是，这个炮弹车厢既不能变成牛栏，也不能变成马厩。"

"但至少，"米歇尔·阿尔当说，"我们可以带上一头驴，一头小毛驴，也就是考西华努斯[1]喜欢的坐骑——那头既勇敢又能吃苦的牲口！那些可怜的驴子，我非常喜欢它们！它们是最受苦受累的动物。它们一辈子不仅天天被鞭子抽打，而且死了之后还得挨打！"

"此话怎讲？"巴比·凯恩问道。

"那还不懂呀！"米歇尔说，"因为它们死后留下来的驴皮都被制作成鼓了！"

巴比·凯恩和尼科尔听到米歇尔的这种奇谈怪论，不禁哈哈大笑起来。但是，他们的那个快乐的朋友的一声叫唤，又把他俩的笑声止住了。巴比·凯恩弯下腰去，看了一眼卫星的窝，然后又站直身子，说道："太好了！卫星没病了！"

尼科尔"啊"了一声，松了口气。

"不，"米歇尔说，"它死了。这一下麻烦大了，"他又说道，"我很担心，我可怜的狄安娜，你在月球上没法传宗接代了！"

真可惜，不幸的卫星未能养好伤活下来。它死了，真的死了。米歇尔·阿尔当六神无主，看着他的两个朋友。

"现在出现一个问题，"巴比·凯恩说，"我们无法让我们

----

1 考西华努斯：神话中的森林之神，善于歌唱和预言。

的卫星的尸体同我们一起再待上四十八小时。"

"当然不行，"尼科尔说，"不过，我们的舷窗全都是有铰链固定住的。它们是可以放下来的。我们可以打开一扇窗，把它的尸体抛到宇宙空间里去。"

主席思索了片刻，然后说道："是的，必须这么做，但是必须特别小心才是。"

"为什么？"米歇尔问道。

"有两个原因，你马上就明白了，"巴比·凯恩回答道，"第一个原因是与炮弹车厢里的空气有关，必须尽可能减少空气的消耗。"

"可我们不是可以制造空气嘛！"

"只能制造部分的空气。我们只是在再造氧气，我正直的米歇尔。不过，我们必须密切注意我们的装置，千万不能让氧气的供给量超出限量，因为如果过量的话，便会引起我们非常严重的心理混乱。不过，我们即使能再造氧气，但却不能制造氮气，它是一种导体，我们的肺吸收不了它，而且又不能让它受损。所以，一旦打开舷窗，这氮气就逸出窗外了。"

"哦！把可怜的卫星扔出舷窗用不了多长时间呀。"米歇尔说。

"好吧，不过咱们的动作得快。"

"那第二个原因呢？"米歇尔问道。

"第二个原因嘛，就是不能让外面的冷空气进到炮弹车厢里面来，否则我们会被活活冻死的。"

"不过，太阳……"

"太阳能替我们的炮弹车厢加热，它能吸收阳光，但是它却无法为我们此刻所飘浮在的真空加热。但凡没有空气的地方，就不会再有热力，而只有扩散的光线，同样，阳光照射不到的地方，就是一片黑暗，必然极其寒冷。假如有这么一天，太阳熄灭了，那么地球在星光照射下也会遭遇严寒的。"

"这一点无须担心。"尼科尔说。

"那可不一定，"米歇尔·阿尔当说，"再说，就算太阳熄灭了，难道地球就不可能远离太阳吗？"

"好啊！"巴比·凯恩说，"米歇尔脑子开窍了！"

"唉，1861年，"米歇尔说，"我们不是知道地球曾经穿过一颗彗星的尾部了吗？所以，我们便可以假设有一颗引力大于太阳引力的彗星存在，地球就会变成它的卫星，被带到很远很远的太空，太阳光对地球表面就将丝毫没有影响了。"

"没错，这是有可能的，"巴比·凯恩回答道，"但是，地球的这样一种移位的结果很可能并不像你所假设的那么大。"

"那为什么呀？"

"因为冷与热在我们的地球上要保持平衡。有人计算过，如果1861年的彗星将地球拽走，但它在离太阳最远的地方所承受到的热力是月球的十六倍，即使用最大的透镜把这种太阳光集中在焦点上，也产生不了能让人感觉到的热力的。"

"那是怎么回事呢？"米歇尔不解地问。

"你先别着急，"巴比·凯恩说，"有人还计算过，在近日点，也就是说在离太阳最近的地方，地球所承受的热力可能达到夏天的两万八千倍，这种热力能够让地球物质玻璃化，让地球上的水汽化，于是有可能会形成一层浓厚的云层，把这种极热的温度降低。这么一来，远日点的寒冷与近日点的热力便相互抵消，变成一种平均温度，地球便可以承受了。”

“那么，行星空间的温度估计有多少摄氏度呢？”尼科尔问。

“从前，”巴比·凯恩回答道，“人们认为那个温度是极其低的，根据统计，有人认为可能有零下好几百万摄氏度。后来是米歇尔的一位同胞、法国科学院的一位有名的学者傅立叶[1]纠正了这一数据，使之更加正确地估计出来。按他的说法，太空的温度不会低于零下六十摄氏度。”

“嗯哼！”米歇尔嗯了一声。

“这差不多与在北极，在梅尔维尔岛或勒利昂斯观测到的温度相同，”巴比·凯恩回答说，“也就是零下五十六摄氏度。”

“还须证明傅立叶的估计是否有错，”尼科尔说，“如果我没记错的话，另一位法国学者普伊耶先生认为太空的温度是零下一百六十摄氏度。这是我们将要验证的。”

“现在还不到时候，”巴比·凯恩说，“太阳光正直射到我的温度计上，使得温度变得虚高。不过，当我们到达月球时，我们在月球的轮番更替的十五天中，将有足够的时间，从容不迫地做这一试验，因为我们的星球都是在真空中运行着的。”

“你所说的真空是什么呢？是绝对真空吗？”米歇尔问道。

“是的，绝对没有空气。”

“在这个真空里没有任何东西代替空气？”

“有，用以太来代替。”巴比·凯恩回答道。

“啊！以太是什么呀？”

“我的朋友，以太是无法估量的密集原子，据分子物理学的

---

1 傅立叶（1772—1837）：法国哲学家和社会学家，空想社会主义的创始人。

著作说，体积非常小，而且彼此相距遥远，如同宇宙空间中的星体之间相隔的距离一样。不过，它们的距离却是在三百万毫米以下。正是这些原子通过它们每秒钟四百三十兆次的振动产生光和热，但是它们的振幅却只有六万分之一毫米。"

"你一说就是几十亿几百亿的！"米歇尔·阿尔当不满地嚷嚷道，"难道有人测量过、计算过吗？所有这一切，巴比·凯恩朋友，都是科学家们弄出来吓唬人的，根本就没任何意义。"

"但是，必须得用数字来说明问题的……"

"不对，最好是用比较法。一兆并不说明什么问题。一比较就全都清楚了。比如说，当你告诉我说天王星的体积比地球大七十六倍，土星比地球大九百倍，木星比地球大一千三百倍，太阳比地球大一百三十万倍，其他的我就不说了。因此，我非常偏向比较，甚至喜欢'双重的列日人[1]'的那些古老比较法，他们会蠢乎乎地对你说：'太阳是一个直径两英尺的大南瓜，木星是一只橙子，土星是个红白相间的小苹果，海王星是一颗尖尖的樱桃，天王星是一颗大樱桃，地球是一粒豌豆，金星是一粒小豌豆，火星是一枚大头针，水星是一粒芥子，还有天后星、谷神星、灶神星和智慧星等，只不过是一些小沙粒罢了！'这么去解释至少能让人听明白！"

米歇尔·阿尔当大发宏论，将那些科学家们以及一连串的数字大家们奚落了一番之后，他们便着手为卫星举行葬礼。只需将它扔到宇宙空间中去就行了，如同水手们将一具尸体扔进大海里一样。

---

1 双重的列日人：列日，比利时的一座城市。列日人具有典型的"列日"精神，即高傲和顽强，与生俱来地喜好嘲弄和反抗，但同时又热情好客。

但是，正如巴比·凯恩主席所叮嘱的那样，动作必须要快，尽量减少空气的流失，因为空气流动得很快，一下子便会跑到真空里去。右边的那几扇舷窗窗口约三十厘米，螺栓都拉下来了，悲伤不已的米歇尔已经准备就绪，要将卫星的尸体扔向宇宙空间。铰链舷窗在一个强大的杠杆的作用下开了一条小缝，卫星就被扔出去了。只有这种杠杆能够克服内部空气对炮弹车厢壁的压力，而且逸出的空气只有一点点，行动极其成功。这之后，巴比·凯恩就不再担心清除炮弹车厢内的垃圾的问题了。

第六章

问与答

12月4日，三位旅行者在飞行了五小时四十分之后醒来了，这时候，计时器指示着地球上的时间是早晨五点。按时间来算，他们只是超过了在炮弹车厢内所度过的五个小时四十分钟，但是，从路程来算，他们已经走完了全程的十分之七了。这个特别情况是由炮弹车厢正常减速造成的。

当他们从底部舷窗观察地球时，他们觉得它只像是一个小黑点，掩映在太阳光中。既看不到它的月牙形，也看不见它的灰蒙蒙圆盘状。第二天午夜时分，它才会呈新月状，而这时候月亮是呈满月状。在他们上方的那个黑暗星球越来越靠近炮弹车厢的轨迹，从而在确定的时间与月球相会。在他们周围，黑色苍穹里满缀着闪亮的星星，似乎在缓缓地移动着。但是，由于它们相距甚远，其体积之大小似乎并没有改变。太阳与众星辰完全像他们从地球上看到时一样大小。至于月球，它虽然大大地增大了，但是，旅行者们携带的望远镜倍数很小，还无法清晰地观察月球表面，也无法看清它的地形地貌或地质情况。

因此，他们三人只好百无聊赖地东拉西扯地聊个没完。不过，他们聊得最多的还是月球。大家都在倒出自己所掌握的知识。巴比·凯恩和尼科尔一直是很严肃认真的，而米歇尔·阿尔当则是异想天开，没有准头。炮弹车厢、它的状况、它的方向、它可能出现的意外情况，以及降落在月球上所必需的准备情况，全都是他们推测揣度的谈资。

正好，吃早饭的时候，米歇尔提到一个与炮弹车厢相关的问题，引出了巴比·凯恩的一个挺奇怪的回答，在此应该提一提。

米歇尔假设道，炮弹车厢在巨大的初速度的推动下，突然停下了，那会造成什么样的后果呢？他很想知道。

"可是，"巴比·凯恩说，"我却看不出它怎么可能会停下来。"

"咱们假设一下，它真的这样了呢？"米歇尔追问道。

"这是一个对不可能出现的情况的假设，"实实在在的巴比·凯恩反诘道，"除非它丧失了推动它的力。不过，即便如此，它的速度也只会是渐渐地降低，也不至于突然便停止下来的。"

"假设它在太空撞上一个物体呢？"

"什么物体？"

"我们遇到的那颗巨大的流星。"

"那样的话，"尼科尔插言道，"炮弹车厢就会被击个粉碎，我们就一块儿完蛋了。"

"比这更糟，"巴比·凯恩说，"我们可能会被活活地烧死。"

"烧死！"米歇尔吼道，"那才好哩！我巴不得能出现这一情况，'好让我们看看'。"

"你有可能看到的，"巴比·凯恩回答道，"现在，人们已经知道热只是一种运动变化。当你烧水的时候，也就是说当你给水加热的时候，那就表示你在让水分子加快运动。"

　　"天哪！"米歇尔嚷道，"你这是一种神奇的理论！"

　　"而且是正确的理论，我可敬的朋友，因为它可以解释所有的热现象。热只不过是一种分子的运动，一个物体的粒子的振动。当我们扳动车辆的刹车时，车子便停了下来。可是，车子前进的运动怎么样了呢？它已转化为热了。为什么要在车轴上抹油呢？就是为了防止车轴过热，因为这种热就是失去的运动所转化的产物。你明白了吗？"

　　"茅塞顿开！"米歇尔赞叹地说，"这么说，比如，当我跑了很长一段时间，我全身都汗淋淋的，大颗大颗的汗珠在往下滴，可我为什么被迫停下了脚步呢？非常简单，因为我的运动转化成了热！"

　　听米歇尔这么一说，巴比·凯恩禁不住哈哈大笑起来，然后，他便又开始阐述他的理论了："因此，在撞击的情况下，我们的炮弹车厢如同一粒子弹击到金属板上掉落下来，是滚烫滚烫的。它的运动便成为热了。鉴于此，我肯定地说，如果我们的炮弹车厢撞上流星的话，它的速度突然失去，转化为热能，足以让它一瞬间'粉身碎骨'了。"

　　"那么，"尼科尔问道，"如果地球在运行之中突然停了下来的话，那会怎么样呢？"

　　"它的温度就会急速地上升，立即化为蒸汽。"巴比·凯恩回答道。

　　"挺好，"米歇尔说，"这么一来，事情就简单了，世界立即终结了。"

"那要是地球落在了太阳上呢？"尼科尔问。

"根据计算，"巴比·凯恩回答，"地球撞上太阳所产生的热量相当于一千六百个地球那么大体积的煤炭所产生的热量。"

"太阳增加了这么多的热量，"米歇尔·阿尔当反驳道，"估计天王星或海王星上的居民们想必是不会抱怨的，因为他们在自己的星球上大概要冻死了。"

"因此，朋友们，"巴比·凯恩又说，"任何突然停止的运动都要产生一些热量的。按照这一理论，可以说太阳的热力是由许多不停地落在太阳上的流星产生的。有人甚至计算出……"

"咱们千万可别相信，"米歇尔喃喃地说，"下面又是一大堆数字了。"

"有人甚至计算出，"巴比·凯恩不受干扰，继续说道，"每一颗撞击到太阳上的流星都将产生相当于它的体积的四千倍所产生的热量。"

"那么太阳的温度是多少呀？"米歇尔问。

"它相当于它的表面二十七公里厚的煤炭燃烧时所产生的热量。

"它能在一小时之内煮沸二十九万万万万立方米的水。"

"那岂不要把我们给烤焦了？"米歇尔嚷嚷道。

"那倒不会，"巴比·凯恩回答道，"因为地球的大气层吸收了十分之四的太阳能。再说，地球所截取的太阳热能只不过是太阳热辐射的二十亿分之一而已。"

"我明白，一切均安然无恙，"米歇尔说，"而这个地球大气层真的是一种必不可少的发明创造，因为它不仅能让我们呼吸，而且还不让我们被太阳烤焦。"

"对，"尼科尔说，"但是，遗憾的是，月球却并非如此。"

"嘿，没事的！"米歇尔始终信心满满地说，"如果月球上有居民的话，他们也能够呼吸的。如果那上面不再有人了的话，那他们也会替我们三人留下足够的氧气的，即便是它全都聚集在深沟里的话，也无伤大雅！果真如此，我们也别爬到山上去了！就这么简单。"

米歇尔说着便站了起来，走过去观察那个闪光耀眼的月球。

"哎呀！那上面大概热得厉害呀！"他说道。

"非但如此，白昼在月球上要持续三百六十小时的！"

"反之，月球上的黑夜也持续这样长，而且，由于热辐射的缘故，温度将会降到行星空间的温度。"巴比·凯恩说。

"真是可爱的地方呀！"米歇尔说，"管它哩！我真希望现在就已经登上月球了！嗯！伙伴们！把月球当作地球，看着地球从地平线上升起，看到地球上的所有大陆的面貌，心中在想：那是美洲，那是欧洲，然后，看着它将消失在太阳的光辉之中，那是多么奇特呀！对了，巴比·凯恩，月球人能看到日食和'地食'吗？"

"是的，"巴比·凯恩说，"日食是能够看到的，当这三个星球在同一条线上时，地球正好在当中，就可以看到。但是，那只是日环食，这时候，地球的影子照射在太阳上，可以看到其很大一部分。"

"那为何没有日全食呢？"尼科尔问，"是不是地球的圆锥形阴影伸不到月球以外去呀？"

"是的，如果我们不把地球大气层的折射作用考虑在内的话；反之，如果计算这种折射作用，那就是日环食了。因此，我们以d代替横视差，而以p代替视半径……"

"哎呀！"米歇尔说，"又是个二分之一的v_0^2……我的数学家呀，你能不能用大众化的语言说呀！"

"好吧，"巴比·凯恩说，"用大众化语言来说，就是月球与地球的平均距离是地球半径的六十倍，而地球的圆锥形阴影则因折射的缘故缩短了四十二倍左右。因此，结果便是，在日食发生时，月球刚好位于纯阴影之外，而太阳不仅将其边缘的阳光，甚至将它中心的阳光都射向月球了。"

"这么说，"米歇尔调侃道，"既然没有日食，那还说什么日食不日食的呀？"

"唯一的原因是这些太阳光被折射后大大地减弱，而且它们穿过大气层的那些光线也都失去了很大部分的光亮。"

"这一说法很令人满意，"米歇尔说，"再说，我们到达月球之后，自然会看到的。现在，你告诉我一下，巴比·凯恩，你认为月球从前是个彗星吗？"

"这倒是一个新的想法！"

"是呀，"米歇尔得意扬扬地说，"我对这类问题是有些想法的。"

"但这可不是米歇尔的什么见解。"尼科尔说。

"好呀！我只是个剽窃者呀！"

"那可不，"尼科尔回答道，"根据古人的材料，阿尔卡狄亚人声称，他们的祖先在月球成为地球的卫星之前便在地球上居住了。根据这一事实，某些科学家也认为我们看到的月球是一颗星，说这个彗星的轨道有一天离地球很近，所以才被地球吸引住。"

"这种假设有什么真实性吗？"米歇尔问道。

"没有，"巴比·凯恩回答，"证据是月球上找不到那种始终围绕着彗星的气体层。"

"可是，"尼科尔又说，"月球在成为地球卫星之前，难道就不会再经过近日点时离太阳很近很近，致使其气体层被太阳给吸收掉了？"

"这倒也有可能，尼科尔朋友，但这也并不太有可能。"

"那为什么呀？"

"因为……说老实话，我也一头雾水。"

"啊！我们所未知的东西集在一起，准能写出几百本大书的！"米歇尔大声说道。

"这个先别研究了！现在几点了？"巴比·凯恩问道。

"下午三点了。"尼科尔回答道。

"像我们这样的学者聊起天来，时间过得就非常快！"米歇尔说，"说实在的，我真的感觉学到了很多很多的东西！我感到我都成了一个知识渊博的人了！"

米歇尔一边这么说，一边爬到炮弹车厢的拱顶上去了。他声称"为了更好地观察月球"。这时候，他的两个伙伴在通过底部舷窗观察着宇宙空间。然而并没有发现什么新的东西。

米歇尔·阿尔当从上面下来，到了侧舷窗边，突然发出了一声惊奇的尖叫。

"怎么了？"巴比·凯恩问。

俱乐部主席走到侧舷窗前，隐约瞅见一个被压扁了的口袋一样的东西，在距离炮弹车厢几米处飘浮着。这个东西如同炮弹车厢一样，似乎静止不动，这说明了它同炮弹车厢一样在做上升运动。

"那是个什么玩意儿呀？"米歇尔·阿尔当在自言自语，"是宇宙空间的一个微小的星体？它被我们的炮弹车厢吸引住，将与我们一起飞往月球？"

"让我觉得惊奇的是，"尼科尔说道，"这个物体的重量肯定比我们的炮弹车厢轻得多，但它却能够同我们保持平行！"

"尼科尔，"巴比·凯恩略加思索后说道，"我不知道这个物体究竟是什么，但我却知道它为什么能同我们的炮弹车厢保持平行。"

"为什么呀？"

"因为我们飘浮在真空中。我亲爱的船长，在真空里，所有的物体不论重量大小、形状如何，全都以同样的速度在降落或运动（降落也是一种运动）。降落的速度不同是由空气的阻力造成的。当你让一根管子变成真空管时，你往管子里扔进一些物体——沙粒或铅粒——它们会以同样的速度往下落。在这儿，这个宇宙空间里，也是同样的原因，同样的结果。"

"完全正确，"尼科尔说，"凡是我们从炮弹车厢扔出去的东西都将与炮弹车厢一起直抵月球的。"

"哎！我们好蠢呀！"米歇尔大声嚷嚷道。

"为什么这么骂自己呀？"巴比·凯恩问。

"因为我们本该在炮弹车厢里装上满满当当的有用的东西，书呀，工具呀，用具呀等，那样的话，我们就可以将它们全都扔到外面去，而它们'全都'会在我们后面飞往月球的！而且，我还在想，我们为什么不像火流星那样，到宇宙空间里去漫步呀？

要是飘浮在以太空间里，那不是要比鸟儿扇动翅膀飞行来得更加爽快啊！"

"那倒也是，"巴比·凯恩说，"可是，怎么呼吸呢？"

"是呀，该死的空气，需要它时它却没了踪影！"

"不过，米歇尔，即使不缺空气，但你的密度低于炮弹车厢的密度，你很快就落在后面了。"[1]

"那就是说，这是一个恶性循环。"

"而且是最糟糕的恶性循环。"

"那就得困死在炮弹车厢里了？"

"没错，只好如此。"

"啊！"米歇尔声音吓人地大叫一声。

"你怎么了？"尼科尔问。

"我明白了，我猜测到这颗所谓的火流星是什么玩意儿了！根本就不是什么小行星在伴随着我们！它也不是行星的一块碎块。"

"那它是什么呀？"巴比·凯恩问道。

"那是我们的可怜的狗！是狄安娜的丈夫！"

确实，那个变了样的、难以辨认的、什么都不像的东西是卫星的尸体，像是一个瘪了气的风笛，在不停地往上升着！

---

1 由于作者生活的时代人们对太空了解得并不多，所以书中讲述的有些太空理论并不是很准确。

第七章

陶醉的时刻

于是，一个离奇而又合乎逻辑、荒诞而又可以理解的现象在这些怪异的条件之下出现了。扔到炮弹车厢外面的所有东西都将沿着同样的轨道运行，而且也同它一起停止。这是他们当晚说不完的话题。另外，随着旅行者们的终点越来越近，三个旅行者的心情也愈来愈舒畅了。在他们当时的那种精神状态下，他们对什么意外呀，新现象呀，全都见怪不怪了。他们激越的想象力已经把炮弹车厢抛到脑后了，根本就没有注意到它的速度在明显地下降。不过，月球在他们眼里却变得更大了，他们已经觉得只要伸出手去，就能抓住月球了。

第二天，12月5日，刚早晨五点钟，三个旅行者便全都爬起来了。这一天，如果计算是绝对正确的话，将是他们旅行的最后一天了。当天晚上，午夜过后，再过上十八个小时，等到满月的那一时刻，他们将登上灿烂的月球表面。下一个午夜，这趟旅行便会结束，那将是往昔与今朝相分别的一个最特殊的时刻。因此，自一大清早起，他们便透过被阳光照射得金光闪闪的舷窗，向黑夜星球致敬，信心满满地而且快乐无比地呼喊"万岁"！

月球在满天星斗的宇宙空间里大模大样地前进着。再旋转几度，它就将抵达太空的那个精确的点，与炮弹车厢会合。巴比·凯恩根据自己的观察计算，炮弹车厢将在月球的北半球着陆，那儿是一片大平原，没什么山峦。如果月球的大气层像大家所认为的那样的话，只是聚集在低洼的地方，那就非常好了。

　　"不过，"米歇尔·阿尔当说道，"在平原着陆要比在高山上着陆好。如果你把一个月球人放到欧洲的勃朗峰，或者放到亚洲的喜马拉雅山上，很难说他已经到达地球上了！"

　　"还有，"尼科尔船长补充道，"炮弹车厢一旦接触月球，如果是落在平地上，那它就会一动不动。相反，如果是落在一个斜坡上，它就会像遇上雪崩似的往下滚去，而我们又不是松鼠，不可能安然无恙地从炮弹车厢里钻出来的。而现在，一切都非常好。"

　　的确，这个大胆的尝试似乎毋庸置疑，就要大功告成了。不过，巴比·凯恩被一个想法围绕着，但他又不想让他的两个同伴担忧，所以也没有说出来。

　　这时候，炮弹车厢朝着月球的北半部行进，这说明它的轨迹稍稍有点改变。因为按照数字计算，发射时炮弹车厢应该是冲着月球的正中心的。如果不是冲着正中心的话，那就是出现了一点偏差。这是什么原因造成的呢？巴比·凯恩想象不出原因所在，也无法确定这一偏差有多大，因为缺少方位标。不过，他希望这一偏差别将它引往别的地方，而是引向月球的上半部，那个地区更适合降落。

　　巴比·凯恩没有将他的种种担忧告诉他的两个同伴，只是自己在不停地观察月球，希望看到月球的方向不要有太多改变。

万一炮弹车厢没有落在所预计的目标地点而冲向星际空间里去了，那就可怕至极了。

此时此刻，月亮不再是个平平的圆盘，而是已经让人感到是个球状了。如果阳光斜射到它的话，根据那些阴影就可能看到那些突兀的高山轮廓。月光也可以看到巨大的火山的深处，也可以分辨清楚广袤平原上纵横交错的一条条沟壑。但是，在刺目的阳光下，看不清山峦起伏的情况，只能隐隐约约地分辨一下月亮的那个好似人的面庞一样宽大的影像。

"就算是像人的面庞吧，"米歇尔·阿尔当说，"但是瞅着阿波罗神的妹妹的那张麻脸，实在是让人觉得很不是滋味！"

这时候，离月球极近的这三位旅行者一直在观察着这个新的世界。他们凭借自己的想象力在畅想这片陌生的土地。他们忽而登上一座座山峰，忽而下到偌大的环形深坑处。他们在这儿那儿仿佛看到了被一层稀薄的大气层笼罩着的一个个浩瀚的大海，以及一条条溪流从山上蜿蜒而下。他们俯瞰深渊，希望捕捉到这个星球的声音，但是在这真空寂寥之中，没有一丝声响。

这最后的一天让他们浮想联翩，激动不已。他们连最细小的细节都记了下来。当他们逐渐靠近这个星球时，一种莫名的不安油然而生。如果他们感觉到炮弹车厢的速度已经降低，那他们的焦虑不安会更加厉害的。这样的一种速度会让他们感到自己无法被送往目的地。因为这时候炮弹车厢几乎已经"没什么重量了"。它的重量在不停地减轻，等到达月球吸引力和地球吸引力互相抵消的分界线时就会完全失重了，这将引发一些令人惊讶不已的现象。

然而，尽管焦虑不安的事情层出不穷，但米歇尔·阿尔当却并没有忘记像平时一样地按时准备早饭。大家吃得很香，没有什么比这种电煤气加热的浓汤更加美味可口的了，也没有什么比这些罐头肉更加让人馋涎欲滴的了。早餐结束前的最后一道工序是几杯法国的玉液琼浆，一提到法国葡萄酒，米歇尔·阿尔当便指出，在那灼热的太阳照射下培育出来的月球葡萄——如果月球上有葡萄的话——肯定会酿出最醇美的葡萄酒来的。不管怎么说，这个具有远见的法国人并没有忘记在自己的包裹里放上几棵珍贵的梅多克和科多尔的葡萄秧，他对这两种葡萄情有独钟。

莱赛和雷格诺装置一直极其精准地运行着。空气始终保持在完全清新的状态。任何二氧化碳的分子都无法抵挡住苛性钾，至于氧气，则正如尼科尔船长所说，"它肯定是最上乘的"。混在炮弹车厢里的极少的水蒸气，与这种空气融合在一起，减轻了干燥，即使巴黎、伦敦或纽约的许许多多的公寓房以及戏院里，也肯定不会有这么清新的空气条件。

但是，这种装置要想正常运转，就必须让它保持最佳状态。因此，米歇尔每天早上都要检查一下装置的运转情况，看看气流调节阀，试试龙头，用高温计调整一下煤气的火力。直到目前为止，一切正常，而且，旅行者们也像尊敬的马斯通一样，开始胖了起来。如果如此这般地继续下去，几个月都关在炮弹车厢内，他们有可能没人能认得出来了。总之，他们如同笼子里的小鸡一样，开始长膘了。

巴比·凯恩透过舷窗在观察，发现了卫星的尸体以及各种各样被他们扔了出去的东西仍旧在不离不弃地陪伴着他们。狄安娜在看到卫星的尸体时痛苦地号叫。这些飘浮物似乎静止不动，仿佛落在一块坚实的土地上似的。

"朋友们，你们知道吗，"米歇尔·阿尔当说，"如果我们中的某位在出发时因撞击而亡，我们的麻烦可就大了，不知如何安葬他，怎么说呢？那也就只好为他举行'以太葬'了，因为在这儿，以太代替了土地！你们看，这具尸体有可能在太空像一块心病似的一直跟随着我们！"

"那可就更愁死人了。"尼科尔说。

"哎！"米歇尔又说，"我感到遗憾的是，无法到太空去溜达溜达。要是能够跑到这个光芒万丈的以太空间里飘浮着，在那纯洁的阳光里翻来滚去的，那该多么刺激呀！如果巴比·凯恩料事如神，带上一套潜水服，并配上一只打气筒，我就能到处去疯一疯了，像神话中的喷火怪兽和长着翅膀的怪兽一样。"

"喂，我的好米歇尔，"巴比·凯恩对他说道，"即使你跑到外面去了，想扮演长着翅膀的怪兽也扮演不了多一会儿的，因为尽管你身穿潜水服，但你体内的压缩空气便会膨胀起来，像一颗炮弹或者说一只气球那样在空中往上飞升，并爆炸开来。因此，你也别觉得遗憾，而且，你还得老老实实地记住：只要我们飘浮在真空里，我们就不许你跑到炮弹车厢外面去优哉游哉！"

米歇尔·阿尔当在某种程度上还是被说服了，他承认这是很困难的一件事，但却说这并不是"不可能的事"，他从不说什么"不可能"。

谈话从这一主题转到另一个主题，不停地在说，没有片刻的间断。这三位朋友在这种氛围下，脑海里的种种思索全都涌现出来，犹如春天里刚开始的阵阵暖风，吹着树叶快快吐绿。他们感觉自己的大脑好像是枝繁叶茂的灌木丛。

这些你问我答，彼此解惑的交谈持续了一个上午。而尼科尔提出的某个问题却没有立即得到解答。

"哎！"他说道，"登上月球固然很好，但是我们又如何回去呢？"

他的两个朋友闻听此言，神情惊讶地你看看我，我看看你。似乎这个问题还是第一次摆在他们面前似的。

"你这话是什么意思呀，尼科尔？"巴比·凯恩严肃地问。

"还没到地方，就先问回去的事，我觉得很不合时宜。"米歇尔说。

"我这么说并不是在打退堂鼓，"尼科尔辩白道，"但我还是要再问一遍：我们如何回去呢？"

"这我可不知道。"巴比·凯恩回答道。

"可我看，"米歇尔说，"如果我早就知道如何回去的话，我也就根本不会来。"

"这叫什么话呀！"尼科尔嚷嚷道。

"我赞同米歇尔所说的，"巴比·凯恩说，"不过，我得说一句，现在这个问题没有任何意义。等上去之后，当我们认为该返航了的时候，我们再考虑也不迟。如果说哥伦比亚炮不在那儿了的话，可炮弹车厢还始终在的吧。"

"说得真好听呀！一颗没有枪的子弹！"

"枪嘛，"巴比·凯恩回答道，"我们可以自己造。火药嘛，我们也能制作！月球上什么都不缺，金属呀，硝石呀，煤炭呀，全都有的。再说，要返回去的话，只需克服月球的引力，上升到八千法里的高度，就可以单纯依靠重力定律回到地球上。"

"行了，"米歇尔有点激动地说，"别再讨论回去的问题了！我们已经对这个问题谈论得太多了。至于同我们地球上的老同事们的联系问题，这也并不是什么难事。"

"你有什么办法？"

"利用月球火山喷射的火流星呗。"

"这个办法妙，米歇尔，"巴比·凯恩语气坚定地说，"根据拉普拉斯[1]的计算，大于我们普通火炮的威力五倍以上，就足以将一颗火流星从月球上发射到地球上去。而且，所有火山的威力都要比这一个推力大得多。"

"太棒了！"米歇尔大声嚷道，"这些流星真是合适的邮差呀，而且还不收邮费！月球邮政局真是傻透了！不过，我有一个想法……"

"什么想法？"

"一个绝妙的主意！我们为什么不在我们的炮弹车厢上架一根电报线呢？那样的话，我们就可以同地球互发电报了！"

"异想天开！"尼科尔说道，"一根长八万六千法里的电线难道没有重量吗？"

"那算不了什么的！我们要是将哥伦比亚炮的火药增加三倍就可以了！甚至还可以加大到四倍、五倍！"米歇尔嗓门儿极高地叫喊着，说出的话语似炮弹一般。

"你的这个提议不值一驳，"巴比·凯恩回答道，"当地球自转的时候，我们的电报线也就缠绕住地球了，仿佛绞盘上的铰链一样，我们也就被拉回到地球上去了。"

"我敢对天发誓！"米歇尔说，"我今天想出来的全都是无法实现的主意！可以同马斯通的主意相媲美了！不过，我还是

_____
1 拉普拉斯：即皮埃尔·西蒙·拉普拉斯（1749—1827），法国数学家、天文学家。

在想，如果我们回不到地球上去，马斯通有可能上来同我们会合的！"

"没错！他会来的，"巴比·凯恩回答道，"他是一个值得尊敬的勇敢的伙伴。再说，这不是很容易的事吗？哥伦比亚炮并没有一直埋在佛罗里达的地底下呀！制作火棉的棉花和硝酸也不缺呀！月球难道不再经过佛罗里达的上空？再过十八年，它难道不再回到它今天所在的位置吗？"

"没错，"米歇尔说，"没错，马斯通会来的，而且，他还会同我们的朋友埃尔菲斯顿、布鲁斯贝里以及俱乐部的全体会员一起来的，他们将受到热烈的欢迎！而且，以后，我们还将建造一些炮弹车厢，穿梭于地球与月球之间！马斯通万岁！"

如果说可敬的马斯通不可能听得见为他所发出的欢呼声的话，那至少，他的耳朵根子是要发热的。他现在在干什么呢？他想必是坚守在落基山的朗峰观测站，正在努力寻找在太空中运行的这个看不到的炮弹车厢哩。如果说他正在想念他的朋友们的话，那么必须实话实说，他的朋友们也同样在思念着他，而且在这种特别兴奋的状态下，他们会向他致以美好的祝愿的。

可是，炮弹车厢的旅行者们那明显在增加的激奋源自何处呢？毋庸置疑，他们对酒精是有所节制的。他们这种大脑的奇特激奋是不是他们所处的环境所导致的？是因为他们离月球很近了，过几个小时就到月球了，以至大脑皮层受到月球的什么神秘因素的影响？他们满脸通红仿佛被火炉烤着了似的；他们的呼吸在加快，他们的肺部好像铁匠炉的风箱；他们的眼睛像是在冒火；他们的声音大得吓人；他们说的话像开香槟酒瓶似的咚咚咚地响；他们的举止让人感到担心害怕，因为动作太大，地方太小，无法伸展开手脚。可是，他们自己却并没有感到自己手舞足蹈到这种程度。

"现在，"尼科尔硬邦邦地说，"现在我不知道我们能否从月球返回去，所以我想要弄明白我们跑到那上面去干什么。"

"我们跑那上面去干什么？"巴比·凯恩像是在演武厅里练武似的跺着脚回答道，"我一点儿也不知道！"

"你一点也不知道！"米歇尔吼叫着说，他那吼声震荡着炮弹车厢。

"我真的不知道，我甚至都没想过这个问题！"巴比·凯恩也大声吼着回敬道。

"那好！我知道。"米歇尔说。

"你知道你就说呀！"尼科尔压不住火，大声嚷叫道。

"到时候我自然会说的。"米歇尔狠狠地抓住他同伴的胳膊吵吵道。

"现在就是说的时候，"巴比·凯恩两眼冒火，攥紧拳头，说道，"是你鼓捣我们做这趟危险可怕的旅行的，我们想知道为什么！"

"是呀！"船长说，"现在我不知道我要去哪里，我想知道我为什么要去那里！"

"为什么？"米歇尔一蹦三尺高地嚷叫道，"为了以美国的名义占领月球！为了给合众国加上第四十颗星！为了耕种月球上的土地，为了在月球上繁衍生息，为了把艺术、科学、工业传播到月球！为了让月球人开化，除非他们已经比我们更加文明了！为了让他们建立共和国，如果他们尚未成立的话！"

"那要是没有月球人哩！"尼科尔反诘道，他处于这种朦胧之中，变得什么都听不进去了。

"谁告诉你说没有月球人呀？"米歇尔以威胁的口吻吼道。

"我！"尼科尔怒吼着。

"船长，"米歇尔说，"别这么蛮横无理地吼，否则我要叫你吃不了兜着走！"

两个对手红着眼睛正要向对方扑上去，巴比·凯恩眼见二人由争吵发展到要动手了，便猛地跳到二人中间，制止了搏斗。

"行了，你们这两个讨厌的家伙，"他边说边将二人分开，"如果没有月球人，我们也不害怕，照样活下去！"

"那倒是，"米歇尔不再固执己见地说，"我们用不着月球人。我们就制造月球人！打倒月球人！"

"月球王国属于我们。"尼科尔说。

"让我们三人一起组建月球共和国吧！"

"我代表众议院。"米歇尔嚷道。

"我代表参议院。"尼科尔说。

"巴比·凯恩当总统！"米歇尔大声说道。

"但不是全国人民选举的总统！"巴比·凯恩说。

"那好，就由国会来任命吧，"米歇尔大声地说，"而我就代表国会，我们国会一致任命你为总统！"

"万岁！万岁！巴比·凯恩万岁！"尼科尔呼喊着。

"万岁！万岁！万岁！"米歇尔·阿尔当叫喊着。

随后，"总统"和"参议院"用一种挺吓人的声音唱《扬基歌》[1]，而"众议院"则用雄浑的声音唱起《马赛曲》[2]。

---

1 《扬基歌》：美国独立战争时流行的一支歌曲。

2 《马赛曲》：法国国歌。

于是，三人便开始疯狂地跳起舞来，一个个头发蓬松，手舞足蹈，像小丑似的不停翻着跟斗。

于是，三人便开始疯狂地跳起舞来，一个个头发蓬松，手舞足蹈，像小丑似的不停翻着跟斗。狄安娜也混在一起跳动起来，一边跳一边叫，一蹦竟蹦到炮弹车厢的拱顶上了。这时候，突然传来抖动翅膀的声音和公鸡的鸣叫，叫声极其响亮。还有五六只母鸡像蝙蝠似的疯狂地向四壁撞击……

随后，三位旅行者仿佛在一种不明力量的影响下肺部受到了损害，炽热的空气灼烧着他们的呼吸系统，他们一个个像醉鬼似的，最后卧倒在炮弹底部，一动不动了。

第八章

地球七万八千一百一十四法里

出什么事了？这种几乎酿成大祸的奇特醉态，其原因何在？其实，这是由米歇尔干的一件小小的蠢事酿成的，幸好被尼科尔及时地纠正了。

在昏厥几分钟之后，船长首先苏醒过来，恢复了意识。

他虽然在两小时之前才吃过早饭，可是他现在却感到饿得不行，像好几天都没有吃饭似的扛不住了。他的胃和大脑，都处于极度兴奋状态。

他总算爬了起来，要求米歇尔再给他一点吃的。米歇尔尚未苏醒，没有回答他。尼科尔打算泡几杯茶，好吃上一打三明治。他准备点火，便猛地擦着了一根火柴。

当他看到火柴的硫黄头发出的光特别亮，几乎让他睁不开眼时，他简直惊呆了。被他点亮了的煤气灯口发出的火光如同电光一般明亮。

他脑子里一下子有了答案。这种强烈的亮光，使他感觉到生理上的混乱以及精神和情绪上的极度亢奋，他立刻明白过来。

"氧气！"他大声嚷道。

于是，他便俯身查看空气装置，发现开关已经打开了，这种无色、无味、闻不到的不可或缺的气体正在大量地涌出来，而它若处于极纯的状态下，将会对人的机体产生极其严重的破坏。米歇尔蠢乎乎地把开关打开了，酿成了大祸！

尼科尔急忙关紧氧气开关，而空气里的氧气已经达到饱和状态了，它本会置三人于死地，但并不是因为窒息，而是因为它会充分燃烧[1]。

一小时之后，空气中的氧气浓度减低了，三人肺部功能恢复了正常。渐渐地，他们从那种"醉酒"状态中恢复过来，但是他们仍然得把过量的氧气消化掉，如同一个醉汉要醒酒一样。

当米歇尔知道自己该对这起事件负责时，他并没有显得十分尴尬。反而这一中毒事件倒是给旅行增添了点乐趣。在他的影响下，他们说了许多蠢话，但说过也就很快便忘到脑后去了。

"再者，"快活的法国人补充道，"我倒并不因为吸入这种醉人的气体而气恼。朋友们，你们知道吗，将来会建造一个奇特的场所，备有氧气开关，身体虚弱的人只要连续吸几个小时的氧气，就可能更加有精力地活着！我们不妨假设一下，在会议大厅或在剧院里氧气充足的话，与会者或演员或观众头脑就会十分清醒，精力特别充沛，那么，他们的精神状态该是多么好呀！而且，将范围扩大，不是一个小型集会，而是让全国人民都享受到这种清新的氧气的话，他们将发挥多大的积极性，他们的生活将多么美满啊！我们也许能够将一个极弱的民族改变为一个伟大的强盛的国家，在我们古老的欧洲，我知道不止一个国家需要建立

---

1 氧气支持燃烧，但自身不能燃烧。由于作者生活的时代科技还不够发达，所以当时的人们认为氧气能够燃烧。

有氧体制,以保证人民的身体健康!"

米歇尔越说越起劲儿,几乎使人怀疑氧气龙头仍然开得太大,以致吸多了氧气,才使人这么兴奋不已的。不过,巴比·凯恩的一句话却抑制住了他的兴奋劲儿。

"你说的这一切全都非常好,米歇尔朋友,"巴比·凯恩对他说,"但是,你是不是应该告诉我们一下,那几只母鸡是从哪儿跑出来参加我们的大合唱的?"

"母鸡?"

"是呀。"

确实,有五六只母鸡和一只漂亮的雄鸡正在这边那边走来走去,东窜西窜,还咯咯咯地叫个不停。

"啊!这些蠢鸡!"米歇尔大声说道,"是氧气让它们亢奋,闹起革命来了!"

"那你如何处理它们呢?"巴比·凯恩问。

"让它们适应适应月球的气候呗!"

"那你为什么先把它们给藏了起来呢?"

"我只是想开个玩笑,我可敬的主席,只不过是一个小小的玩笑而已,可惜流产了!我本想瞒着你们,把它们放到月球大陆上去的!嗯!当你们看到这几只地球上的家禽在月球的田野上啄食的时候,你们肯定会惊讶得目瞪口呆的!"

"啊!你这个小淘气!淘气包!"巴比·凯恩说,"你用不着多吸氧气也会疯疯癫癫的!你永远都像是我们吸多了氧气时的那副德行!你永远是个疯子!"

"嗯!谁敢说我们当时头脑不清楚呀!"米歇尔·阿尔当反驳道。

经过这番你一言我一语的争论之后，三个旅行者便赶忙收拾炮弹车厢里凌乱不堪的东西。几只母鸡和那只公鸡被关进笼子里去了。可是，当巴比·凯恩和他的两个朋友在忙着收拾东西的时候，三人都明显地感到了一种新的现象。

自离开地球时起，他们体重减轻了，炮弹车厢本身及里面的物件也都变轻了，而且越来越轻。如果说他们没能发现炮弹车厢在变轻，那他们总会有这么一个时刻感觉到他们自己以及他们所使用的物件与工具也都在变轻。

毫无疑问，即使有一台天平，也发现不了这种失重现象，因为天平本身与它所称量的物件都会同样失去重量的。不过，比如使用一个弹簧秤来称量的话，就能准确地称量出物件的重量，因为弹簧秤是不受地球引力摆布的。

大家知道，引力，换言之，也就是重力，是同物体的质量成正比的，而同距离的平方成反比。于是便得出了如下的结果：如果太空里只有地球存在的话，若其他所有的天体全都骤然消失了，根据牛顿定律，炮弹车厢离地球越远，它的重量就越轻，但却又不会完全失去重量，因为地球引力永远存在，无论你离它有多远。

但是，在目前的这种情况之下，如果不把所有其他天体几乎等于零的引力计算进去的话，那么，炮弹车厢到了某一时刻便会完全不受重力定律的支配了。

事实上，炮弹车厢的运行轨迹是在地球与月球之间。随着它离地球越来越远，地球引力按照距离的平方成反比而逐渐变小，而月球的引力则根据同样的比例越来越大。炮弹车厢一旦行至两种引力彼此抵消的那个点的时候，就完全失重了。如果月球与地球的质量相等的话，这个点就应该是位于这两个天体相等距离的那个位置。但是，鉴于它俩质量不同，很容易便能计算出这个点应该是在炮弹车厢行程的五十二分之四十七的地方，用数字来表示的话，就是在离地球七万八千一百一十四法里的地方。

在这个地方，如果一个物体本身没有速度或者不自行移动的话，那它就会永远待在那儿，静止不动了，因为地球与月球的引力相等，双方都无法将它吸到自己那一边去。

如果炮弹车厢的推动力计算得准确无误的话，它到达这个地点时的速度为零，它就像车厢内所载的全部物体一样，失去了重量。

那么，这么一来，结果会怎样呢？有三种可能。

一、炮弹车厢仍保持着一定的速度，越过引力相等的那个点，因月球的引力大于地球的引力而落在其上。

二、速度太慢，无法抵达那个引力相等的点，因地球引力大于月球引力而回落到地球上。

三、炮弹车厢只有一个足够的速度到达那个点，但却不足以越过它，那它就将永远地悬于那个位置上，如同悬于天穹与天底之间的所谓的穆罕默德的坟墓一样。

目前的情况就是这样，巴比·凯恩清楚明了地向他的两个同伴说明这三种结果。他们对这一情况产生了浓厚的兴趣。那么，他们将如何弄清他们的炮弹车厢是否到达离地球七万八千一百一十四法里的那个地点呢？

只有在他们以及炮弹车厢里的物件不再受重力定律的支配时才能知晓。

到目前为止，旅行者们只是发现这个重力变得越来越小，但却并没有完全失重。但是，就在那一天上午十一点的时候，尼科尔手上拿着的杯子滑落了，但却没有落地，而是悬浮于半空中。

"哈哈！"米歇尔·阿尔当嚷叫道，"这可是有趣的物理现象呀！"

随即，所有的物件，武器呀，瓶子呀，全都奇迹般地悬浮在半空中了。狄安娜也一样被米歇尔放在了半空中，但他并没有像卡斯通或法国魔术家罗贝尔·乌丹那样在变魔术。不过，狄安娜像是并没有感觉到自己已经飘浮在半空中一样。

三位旅行者尽管熟谙科学原理，但也颇感惊讶。他们感到自己进入神奇幻境，觉得身体轻飘飘的，没有了重量。他们伸开双臂，却并不能自动垂下来。他们的脑袋在肩头上摇来晃去，不受控制。他们的脚也离开了炮弹车厢底部。一个个全都像是醉汉一样，站立不稳。许多作品都创造了一些隐形人和无影人，但是，在这儿，由于两个天体的引力彼此相互抵消，使人的体重全部消失殆尽，成了"一身轻"了！

突然，米歇尔轻轻地一蹦，身体便离开炮弹车厢的底部，悬于半空中，如同西班牙画家穆里约所画的《天使们的厨房》里的那个修道士一样。

不一会儿，米歇尔的两个朋友也跟他一样飘浮起来，三个人在炮弹车厢里悬空而立，仿佛"飞天"一般。

"这能相信吗？这是真的吗？这可能吗？"米歇尔嚷嚷道，"不，这不可能。可是，怎么又如此确定啊！啊！如果意大利画家拉斐尔看见我们如此这般的话，他会画出什么样的一幅《升天国》啊！"

"升天的时间不会太久的，"巴比·凯恩说，"如果炮弹车厢越过中心线，月球的引力就会把我们引往月球的。"

"那我们的双脚就将站在炮弹车厢的拱顶上了。"米歇尔说。

"不会的，"巴比·凯恩回答道，"因为炮弹车厢的重心很低，它将渐渐地翻转过来的。"

"那么一来，我们的所有一切全都得翻一个个儿了，这是肯定的呀！"

"你就放宽心好了，米歇尔，"尼科尔说，"翻个个儿也没什么了不起的。没有任何物体会移动的，因为炮弹车厢将只是在不知不觉中翻转。"

"其实，"巴比·凯恩说，"当炮弹车厢一旦越过了引力中心线时，它的底部因为相对而言较重一些，将使炮弹车厢与月球保持垂直状态。不过，必须在越过中心线时，这一现象才会出现。"

"越过中心线！"米歇尔嚷道，"我们就像水手们越过赤道一样，我们要好好地庆祝一番！"

米歇尔稍微一动弹，便滑向了软壁。他在那儿拿了一瓶酒和几只杯子，把它们放在"半空中"，靠近三人各自的面前，他们立即互相碰杯，向中心线高呼"万岁"。

这种失重现象只持续了一个小时。旅行者们不知不觉地略有所感，觉得自己又回到了车厢的底部了，而巴比·凯恩好像发觉炮弹车厢的圆锥形底部有点偏离朝向月球的方向了。底部通过一次翻转，向月球靠近了。于是，月球的引力战胜了地球的引力，炮弹车厢开始朝月球降落，但却几乎感觉不到。第一秒钟时的速度只有五十九万法里。但是，慢慢地，月球引力会加大，降速将会加快，炮弹车厢被其底部拖拽着，它的上部朝向地球，将会以一种加速度直奔月球大陆。这样，他们就可以到达目的地了。现在，没有什么可以阻止这一壮举获得成功，尼科尔和巴比·凯恩都兴奋至极。

接着，他们便没完没了地聊起令他们惊奇的种种现象。尤其是那个让他们谈兴最浓的失重现象。米歇尔·阿尔当一直兴奋异常，总想得出些结论来，但那只是他的异想天开罢了。

"啊！我可敬的朋友们，"他大声说道，"如果在地球上我们也能摆脱这种重力定律，摆脱这条把我们拴在地球上的锁链，那该是多么伟大的进步啊！那就好比一个囚徒获得了自由一样！胳膊和腿都用不着再受累了。如果在地球上飞翔或飘浮在空中的话，必须有比我们现在力量大一百五十倍的力量。可是，只要摆脱掉地球的引力，我们心思一动，立刻就飞向天空去了。"

"那倒是，"尼科尔哈哈大笑地说，"如果我们能像麻醉剂消除痛苦一样让重力消失掉的话，当代社会就要面貌大变了！"

"是呀，"米歇尔满脑子都是这一主题，大声说道，"咱们把重力消灭掉，再也没有什么重担压肩了！而且，起重机、千斤顶、绞盘、曲柄以及其他一切机械装置，全都没有它们存在的理由了！"

"说得好，"巴比·凯恩说，"不过，要是什么东西都没了重量，那么什么东西都立不住了，连你的帽子也戴不到头上了，可敬的米歇尔，你的房子也建不起来了，因为建房子的砖得有重量才能连在一起呀！甚至大洋也没有了，因为它的浪涛没有地心引力把它们拴住。还有，大气层也不见了，因为空气分子在地球上留不住，全都飞向宇宙空间了！"

"这样的话就麻烦大了，"米歇尔说，"你们这帮实用主义者总是把别人强拉回到现实中来。"

"不过，你也不必懊恼，米歇尔，"巴比·凯恩劝说道，"因为，如果说没有一个星球能摆脱重力规律的话，但至少你将到访的那个星球的重力要比地球的重力小许多。"

"你是指月球？"

"正是，在月球表面，其物体的重量比地球上的物体重量要小六倍，这种现象很容易证实。"

"我们能看得出来吗？"

"当然能，因为地球上的两百公斤的物体，到了月球表面就只有三十公斤了。"

"那我们肌肉的力量在那上面会不会减小？"

"那不会的。如果你能跳一米高的话，在月球上就能跳十八英尺高了。"

"那我们上了月球就变成大力神了！"米歇尔嚷叫道。

"特别是，"尼科尔说，"如果月球人的身材与他们的月球成正比的话，那他们只有一英尺高了。"

"那不就成了矮人国了吗！"米歇尔说，"那我们就变成格列佛[1]了，我们都变成巨人国神话中的人物了。离开地球奔往太阳系，还是大有好处的呀！"

"你先别急，米歇尔，"巴比·凯恩说，"如果你想扮演格列佛，你就只拜访小的行星吧，比如水星、金星或火星什么的，它们的质量都小于地球的质量。你千万别跑到大行星上去，比如木星、土星、天王星、海王星，因为在那些星球上，你扮演的角色就倒过来了，你就成了小人国的人了。"

---

1 格列佛：系爱尔兰作家斯威夫特的小说《格列佛游记》的主人公。

"那在太阳上呢？"

"在太阳上，虽然它的密度只有地球的四分之一，但它的体积却比地球大一百三十二万四千倍，而其引力比地球的引力要大二十七倍。按照这一比例，太阳上的人其身材平均得有两百英尺高。"

"真是见了大头鬼了！"米歇尔嚷嚷道，"我将变成俾格米人，变成侏儒了！"

"那就是格列佛到了巨人国了。"尼科尔说。

"没错！"巴比·凯恩说。

"看来有必要带上几门大炮上去，以求自保。"

"那是多此一举！"巴比·凯恩反驳道，"你的炮弹在太阳上起不了任何作用，它们发射出去到不了几米就落在地上了。"

"这也太夸张了吧！"

"绝对如此，"巴比·凯恩说，"在这个巨大的星球上，引力大得出奇，以至地球上的一个七十公斤的物体，到了太阳表面，便变成一千九百三十公斤了。你的帽子将有十二公斤左右！你的雪茄得有半磅重。总之，如果你降落在太阳大陆上，你的体重将是两千五百公斤左右——你连站都站不起来了！"

"见鬼！"米歇尔说，"那样的话，我们就得带上一台手提起重机了！行啊！朋友们，我们今天就只探访月球算了。在那上面，我们至少还能算是魁伟之躯啊！这之后，我们再看看是否有必要拜访太阳，在那上面，没有绞盘，杯子就到不了嘴边，水都喝不着！"

第九章

偏离轨道的种种后果

除了考虑此行的结果外，巴比·凯恩已无须再为炮弹车厢的动力问题绞尽脑汁了。它的潜在速度就可以将它送过中心线。因此，炮弹车厢已无法再回到地球上。但它也不会老停留在那个引力点上的。现在，只有一种假设可能会变为现实，即炮弹车厢在月球引力的作用下到达目的地。

实际上，这是从八千两百九十六法里处跌落在一个星球上，而在这个星球上，物体的重量只有地球上的六分之一。不过，这种跌落相当危险，必须尽快地做好一切应对措施。

应对措施包括两个方面：一方面是减轻炮弹车厢接触月球表面时的冲撞力；另一方面则是减缓下降速度，从而减小着陆时强烈的碰撞力。

对于第一种情况，恼人的是，巴比·凯恩已经无法再使用那些极有效的减轻撞击的手段了，也就是说，没法再使用作为弹簧功能的排水装置和易碎隔层了。隔层虽然依然完好，但是，水却没了，因为剩下的那点极为宝贵的水，是留作到达月球头几天所必用的，而月球上又缺水，所以那点水是轻易不能动用的。

再说，那一点点儿水也不足以起到弹簧的作用。出发之前，炮弹车厢的五十四平方英尺的密封底盘上，储存着三英尺高的水。总体积达六立方米，重达五千七百五十公斤。可是，现在，这个储水箱内的水已不足原先的五分之一了。因此，尽管这个方法极其有效，但也只好放弃了。

幸好，原先看好这个储水装置的巴比·凯恩，在活动底盘上装置了一些强有力的缓冲垫，旨在当储水装置的横隔板破裂后可以起到一种缓冲的作用。这些缓冲垫还在，只需将它们调节一下，重新装到活动盘上去即可。所有这些零件都极易操作，因为它们都十分轻巧，很快就能将它们装好。

他们立即弄好了它。各种零件也都毫不费力地重新装好。这并不用大动干戈，只要装好螺栓，拧紧螺帽就可以了。而且各类工具应有尽有。很快，活动底盘装备完毕，立于钢质垫子上，就像桌面安在桌腿上一样容易。唯一不方便的是活动底盘放置的位置。底窗被挡住了。这么一来，等旅行者们垂直降落在月球上时，就无法观察月球的情况了。但是，也只好忍痛割爱了。再说，透过侧舷窗还是可以隐约看到月球的广袤地区的，如同在飞艇上往下看地球一样。

安放这个活动底盘花了一个小时，等一切准备就绪时，已时过正午了。巴比·凯恩又在仔细地观测炮弹车厢的倾斜度，但是，让他非常焦虑的是，炮弹车厢并没有翻转到可以坠落的程度。它似乎在沿着一条与月面平行的曲线前行。此刻，已经是皓月当空了，而它对面的太阳也正烈焰熊熊。

这一情况让人不免忧心忡忡。

"我们能到得了月球吗？"尼科尔问。

"我们得做好能够登上月球的准备。"巴比·凯恩回答他说。

"瞧你们吓得那个样儿呀!"米歇尔·阿尔当说,"我们一定能登上月球的,而且比我们所想象的还要更快地登上去。"

听了这话,巴比·凯恩平静了些,又去忙他的准备工作,把减压降速的机械装置调整好。

他们回想起在佛罗里达坦帕镇集会的那一情景。当时,尼科尔船长与巴比·凯恩、米歇尔·阿尔当针锋相对,势不两立。尼科尔船长认为炮弹车厢准会像玻璃玩具似的一碰即碎,而米歇尔·阿尔当则回答他说,通过适当地安置火箭的办法就可以延缓降落的速度。

确实,这些强大的火箭的支点就在炮弹车厢的底部,其反作用力能够适当地遏制炮弹车厢的速度。这些火箭将在真空中燃烧,这点不错,不过它并不缺乏氧气,因为它能够自己供给自己氧气,就像月球火山一样,绝不会因为月球周围没有大气层就无法爆发了。

巴比·凯恩已经把装配好的火箭装在螺旋炮筒里了,它可以在炮弹车厢底部旋紧。这些炮的内部贴近炮弹车厢的底部,而其外部则突出去半英尺。一共有二十门炮。活动底盘上留有一个洞,以便点燃每一门炮的雷管。火箭爆炸的威力只显现在炮弹车厢的外面。混合火药事先已经紧紧地塞进炮膛里了。因此,只要把底部的金属活塞旋出来,再把炮筒旋进去,便大功告成了。

将近下午三点钟的时候,这个新的活儿便已经完成了。一应措施已准备停当,只等降落的时刻到来了。

此刻,炮弹车厢明显地靠近月球。很明显,它已经受到月球一定的影响了。不过,它本身的速度也在推动它沿着一条斜线运行着。在这两种力量的影响之下，炮弹车厢的行进轨迹也许会成为一条正切线。但可以肯定，炮弹车厢不会正常地降落在月球的表面，因为它的底部受重力影响，大概会转向月球的。

看到炮弹车厢正抵抗万有引力的影响，巴比·凯恩的焦虑不安愈发地加重了。在他面前出现的是难以预测的情况，而这一情况正穿过宇宙空间向他飞快地奔来。他作为科学家，原以为自己预见到了三种可能性：回落到地球上，降落在月球上，滞留在中心线上！可是，现在又跑出来一个第四种可能，而这是无限空间中最可怕的可能性，而且这是突然出现的，令人防不胜防。面对这一可怕的情况，只有像巴比·凯恩这么坚定不移的科学家，像尼科尔这样镇定自若的人，像米歇尔·阿尔当这样勇敢无畏的冒险家，才会不至于乱了阵脚，六神无主。

他们三人立即对这一问题进行了讨论。换了别人的话，一定会从实际去考虑的，他们可能会问这个炮弹车厢要把他们带到什么地方去。可是，他们三人却并没这么考虑，只是在寻找产生这一情况的原因所在。

"这么说，我们脱离轨道了？"米歇尔说，"怎么会呢？"

"我很担心，"尼科尔回答道，"尽管各种预防措施全都到位了，但是哥伦比亚炮可能并没有对准目标。一个失误，哪怕极其微小，也足以把我们抛到月球引力圈外去的。"

"难道我们真的没有瞄准吗？"米歇尔问。

"我相信不会，"巴比·凯恩说，"大炮是绝对垂直的，它的方向绝对正对天穹。而月球通过天穹时，我们将在满月的时候到达月球。这一定是另有原因，可我一时还想不出来。"

"我们是不是到得太迟了？"尼科尔问。

"太迟了？"巴比·凯恩应声道。

"是的，"尼科尔说，"剑桥天文台的通知里说，必须在九十七小时十三分二十秒，完成这个旅行。这也就是说，到得早了不行，月球尚未到达指定位置；到得晚了也不行，月球就转过去了。"

"是这么回事，"巴比·凯恩说，"不过，我们是在12月1日晚十一点差十三分二十五秒出发的，应该在五日子夜月圆之时准时抵达。可今天已是12月5日了。现在是下午三点半，再过八小时三十分就足以将我们送达目的地。为什么不能到达呢？"

"是不是速度过快了？"尼科尔说，"因为我们现在知道，我们的初速度比原先设想的更快。"

"不！绝不可能！"巴比·凯恩反对道，"如果炮弹车厢的方向没有问题，那再快的速度也阻止不了我们到达月球。不可能，绝不可能！肯定是轨道有偏差，我们偏离轨道了。"

"因为谁？因为什么？"尼科尔问。

"我说不明白。"巴比·凯恩回答道。

"那么，巴比·凯恩，"米歇尔接着说道，"关于这个偏差的问题，你愿不愿意听听我的看法？"

"你说吧。"

"叫我出半个美金我也不想探究它！我们偏离了轨道了，就这么回事。咱们去往何方，我觉得无所谓！我们走到哪儿算哪儿，管它哩！既然我们已经被带上宇宙空间，我们最终是会因引力作用而落在某个引力中心的！"

巴比·凯恩对米歇尔·阿尔当的这种无所谓的态度不以为然。他倒并不是担心他们的前途，他只是想知道他的炮弹车厢为什么会偏离了轨道，这是他不惜任何代价想弄个一清二楚、水落石出的。

这时候，炮弹车厢继续在月球旁边移动着，而且那些扔到外面的东西也跟着它一起在移动。巴比·凯恩甚至能够通过月球上的几个标记，观测到月球离他们不到两千法里，发现它的速度仍旧如常。这是一个新的证据，证明炮弹车厢并没有坠落到月球上。炮弹车厢的推力仍然大过月球的引力，但是它的轨迹肯定让它在靠近月球，而且可以希冀到了一个更近的距离，重力便占了上风，最终将会导致降落。

这三个朋友现在没什么好干的了，只有继续观察。不过，他们仍然无法确定月球地形到底是怎样的。在阳光的照射下，那些突出的地形全都在一条水平线上，分辨不清。

他们就如此这般地透过舷窗观察着，一直观察到晚上八点。这时候，他们看到的月亮奇大无比，竟遮盖住了半个天穹。太阳在一侧，月亮在另一边，它们都在放射着光芒。

此时此刻，巴比·凯恩认为可以估计离他们的目的地只有七百法里了。他觉得炮弹车厢的速度似乎是每秒两百米，也就是说，每小时大约一百七十法里。在向心力的影响下，它的底部在向着月亮转动，但是，离心力始终占着上风，很可能直线运动会转变为某种曲线运动，但他却确定不了这是什么性质的曲线运动。

巴比·凯恩始终在寻找他解不开的那道难题的答案。

几个小时过去了。炮弹车厢明显地在靠近月球，但是，同样明显的是它到达不了目的地。至于它将要经过的离月球最近的那个距离，那只不过是吸引力与排斥力作用于这个活动物体的结果而已。

"我只想做一件事，"米歇尔又说，"就是最靠近月球，好让我能窥视它的秘密！"

"导致我们的炮弹车厢偏离的那个原因真该死呀！"尼科尔大声嚷道。

"是该诅咒呀，"巴比·凯恩回应道，仿佛他的脑子突然开了窍似的，"应该诅咒的是我们在途中遇到的那颗火流星！"

"嗯！"米歇尔·阿尔当说。

"您想说什么呀？"尼科尔冲巴比·凯恩问道。

"我是想说，"巴比·凯恩语气肯定地说，"我是想说，我们之所以偏离，唯一的原因就是那颗游魂似的星体！"

"可是它并没有碰着我们呀。"米歇尔反驳道。

"碰不碰，那倒无所谓。可它的体积与我们的炮弹车厢相比，可是大巫见小巫了，而且它的引力足以影响到我们行进的方向。"

"影响是极小的！"尼科尔反诘道。

"那倒是，不过，无论它的影响力是大还是小，"巴比·凯恩说，"反正对于一个八万四千法里的距离而言，这种影响足以让我们到不了月球！"

第十章

月球的观测者们

　　巴比·凯恩显然已经找到了炮弹车厢偏离的那个唯一可以让人接受的原因了。无论偏离多么小，它都足以改变炮弹车厢的轨迹。这也是命该如此。一个大胆的尝试竟是因一个偶然的因素而流产，除非出现奇迹，否则他们不可能到达月球。他们是否能够靠近月球，以解决某些物理的或整个地质的直到如今都没能解决的难题呢？现在这是唯一让旅行者们牵肠挂肚的问题。至于他们自身未来的命运嘛，他们甚至都不愿去想一想。可是，在这无限的孤寂中，空气眼看就要耗尽了，他们会怎么样呢？再过几天，他们可能将在这个飘忽不定的炮弹车厢中窒息而死。可是，对于这几个不屈不挠的勇士们来说，这几天仿佛是几个世纪一般呀！他们将每分每秒全都用来观察这个他们已不再奢望登上的月球了。

　　炮弹车厢与月球的距离估计将近两百法里。在这种情况下，就月球的能见度而言，旅行者们比地球上那些用高倍数的大望远镜观测月球的居民们，离月球还要远呢。

的确，众所周知，约翰·罗斯[1]在帕森镇架设的望远镜倍数高达六千五百倍，能够将月球拉近到十六法里。尤其是朗峰的那个望远镜倍数更大，能够把月球放大四万八千倍，将观察距离缩短到不足两法里，月球上的直径十米的物体全都显得十分清晰。

因此，在这个距离上，用肉眼观测月球的地形面貌也看不太清楚。肉眼只能大概地看到那些被不恰当地称为"海"的广阔的洼地，但却无法确定它们到底是些什么性质的结构。而那些突兀的高山也隐没在月面上太阳光的反射光芒之中了。目光像是俯视在银溶液的浴缸中一样模糊不清，让人不得不扭过头去。

这时候，月球那椭圆形状呈现出来了，好似一个巨型的鸭蛋，其小的那一端转向了地球。确实，月球像是其开始形成的初始时期那样，是液态状的或可塑性的，现在已是一个完全的浑圆形了。不过，它很快就又被地球的引力所吸引，在重力的影响下，变成了椭圆形。由于它变成了地球的卫星，它便失去了它原来的纯圆形状，它的重力中心在往外推移。根据这种情况，有几位天文学家便下结论说，它上面的空气和水可能已经藏到它背面去了，我们地球上是看不到的。

地球卫星原先的形状因这种变化瞬间便看不出来了。炮弹车厢与月球的距离因其速度大大低于初速度而急速地减小，但是，仍然比特快列车的速度要快上八九倍。炮弹车厢的倾斜度——甚至也就是因为这个倾斜度——给米歇尔·阿尔当留了点希望，让他盼着它能落在月球表面的某一个点上。他无法相信它不可能到达月球。不！他绝不相信它到不了月球！他老在这么念叨着。但

---

1 约翰·罗斯（1777—1856）：英国的一位北极探险家。

是，优秀的"审判官"巴比·凯恩却不停地在用一种毫不客气的逻辑推理告诉他："到不了的，米歇尔，肯定到不了的。我们顶多是撞到月球，而无法降落其上。由于向心力的缘故，我们受到月球的影响，但是离心力又毫不吝惜地把我们甩走。"

他说这番话的语气腔调让米歇尔·阿尔当最后的希望全都化为泡影了。

炮弹车厢靠近的月球部分是北半球，也就是月面图的下部，因为那些月面图都是根据望远镜的观测绘制的，而我们知道望远镜里看到的图像是倒置的。巴比·凯恩所使用的是比尔和马德莱尔的月面图。这个半球呈现出一些广袤的大平原，平原上耸立着一些突兀的奇峰峻岭。

午夜时分，满月出现。在这一时刻，如果不是那颗该死的火流星捣乱，把他们的行进方向弄偏了的话，他们本该踏上月球的土地了！这颗黑夜星球根据剑桥天文台严格确定的时间也准时地到达了。精确地说，它已经到达它的近地点和纬线二十八度的天顶了。假若有这么一个人藏在与地平线呈垂直状的巨型哥伦比亚炮炮筒的最深处进行观测的话，就会看到月球正好落在大炮口上。大炮的中心线也就会穿过月球的中心。

无须说，在5日夜到6日凌晨这段时间里，旅行者们没有片刻休息。离这个新的世界如此近，他们又怎能合上眼睛啊！不能。他们的全部身心都集中在唯一的一个字上：看。他们是地球的代表，从前与现在的人类的代表，他们要通过自己的双眼让人类看到月球的各个地区，探求地球卫星的种种秘密！他们的心中不免有着某种冲动，但也只是静静地从一扇舷窗走到另一扇舷窗。

他们的观测经巴比·凯恩仔细整理，严格地确定下来。他们有望远镜可以观测，有一些图可供查核。

第一位观测月球的人是伽利略[1]，他所使用的望远镜倍数很低，只能放大三十倍。但是，他却是第一个从"布满在孔雀尾巴上的'眼睛'里"辨认出了一些山脉，并且测算出它们的高度来，他夸大地确定它们为月面直径的二十分之一，也就是八千八百米。但伽利略并没有根据自己的观测绘制任何月面图。

几年之后，但泽的一位名为海韦留斯的天文学家把伽利略所说的这些山脉缩小到月球直径的二十六分之一，而他的观测只是严格地在上弦月和下弦月初始之时进行的。他的这种说法也有点言过其实。不过，我们之所以能够获得第一张月面图，那还是要感谢这位天文学家的。月球上面的那些明亮的圆点是一些环形山，而那些黑点则表明为一些宽阔的大海，可实际上那是一些广袤的平原。他把这些山和这些海按地球上的名字命了名：有阿拉伯半岛中央的西奈山、西西里岛中央的埃特纳山、阿尔卑斯山、亚平宁山、喀尔巴阡山、地中海、亚速海、黑海、里海等。不过，这些名称并不恰当，因为无论是那些山还是那些海，与地球上的山与海并无相像之处。只有南边有一些连接着宽阔大陆的、边缘呈锥状的、很大的白花花的亮点，会让我们觉得像是倒转的印度半岛、孟加拉湾和交趾支那半岛的形状。因此，现在这些名称已经不再沿用了。另外一张月面图的绘制者更懂得人的心理，他建议利用人类的虚荣心来促使人们采用想要接受的名称。

这位观察家就是海韦留斯的同时代人里乔利神父。他所绘制的那张月面图既粗制滥造又漏洞百出。不过，他倒是为月球上的

---

1 伽利略（1564—1642）：意大利天文学家。

山脉取了一些古代伟人以及他同时代的学者们的名字，此后，这些名字便沿用下来了。

第三张月面图是在17世纪由多米尼克·卡西尼[1]绘制而成的。他的这张月面图要比里乔利的那张图好，但是比例上还是不准确。随后又有多种缩影版出版，但是，这张月面图的铜版长期以来一直保存在皇家印刷厂里，后来竟被当作废品卖掉了。

著名的数学家和绘图家拉希尔[2]也绘制了一张月面图，高四米，但从未刊印过。

在他之后，德国的一位天文学家托比·迈尔在18世纪中叶前后刊印了一张精美的月面图，他是根据月球的比例严格校正之后绘制而成的。但是，很遗憾，他于1762年不幸逝世，未能完成这项了不起的工作。

随后，又有利林塔尔的施罗德绘制了许多月面图；接着，德雷斯顿的一位名为诺尔曼的人也绘制了一张分为二十五个地区的月面图，可惜只刻印了四个地区。

1830年，比尔先生和马德莱尔先生用正交投影法[3]绘制了那张著名的月面图。该图与月盘的图形好像一个模子刻出来似的，不过只有中央部分上面的山脉和平原的轮廓是正确的，而其他部分北部或南部，东部或西部的轮廓缩影都不及中央部分的轮廓缩影那么清晰明确。这张月球地形图高九十五厘米，分为四个部分，是月球地形图中之杰作。

除了上述这些科学家们外，还应该提及的是德国天文学家尤

---

1 多米尼克·卡西尼（1625—1712）：法国天文学家，祖籍意大利。
2 拉希尔（1640—1718）：法国天文学家、数学家。
3 正交投影法：投影线垂直于投影面的投影属于正交投影，也称为平行投影。

里乌斯·施密特的月面地形起伏图、塞基[1]神父的月球地形图、英国天文业余爱好者沃伦·德拉吕的那些美丽的摄影版月面地形图，以及勒古久里·杜里埃先生和夏普伊先生于1860年绘制的线条清晰、布局明朗的正交投影图。

以上就是各种与月球相关的月面图。巴比·凯恩就拥有其中的两张：一张是比尔先生和马德莱尔先生的；另一张是夏普伊先生和勒古久里先生的。这两张图给巴比·凯恩的观测工作提供了便利。

巴比·凯恩手头的光学仪器是一个精良的航海望远镜，是他专为此次旅行而定做的。这台望远镜可以将物体放大一百倍，因此它能够把月球向地球拉近到一千法里。但是，此时此刻，在这将近凌晨三点的时候，旅行者们与月球的距离不会超过一百二十公里，而且，在没有任何大气层干扰的环境中，这台望远镜能够将月球的观察距离缩短到不足一千五百米。

---

1 塞基（1818—1878）：意大利天文学家、基督会士。

第十一章

幻想与现实主义

"您曾看见过月球吗？"一位老师讽刺地问他的一个学生。

"没有，先生，"那位学生更加讽刺地反诘道，"不过，我得说，我曾听人说到过它。"

其实，在某种意义上，这个学生调侃式的回答，可能大部分在月光下的人都会这么说的。多少人都曾听到过人们谈月球啊，但都从未见到过它……起码从未用望远镜或天文望远镜观测过月球！有很多人甚至都没有仔细看看他们的卫星地形图！

当你看着一张月球地形图的时候，首先有一个特点会让你感到惊奇：与地球和火星的布局相反，月球上的大陆全都集中在月球的南边。这些大陆的边缘不像南美洲、非洲和印度半岛那样清晰匀称，它们的边缘棱角突兀，变化多端，支离破碎，多海湾和半岛，让人自然而然地便联想起其他群岛[1]，小岛星罗棋布，一块一块的。如果月球表面有海的话，那航行起来也是困难重重、危机四伏的。要是月球上的水手们在这片海域航行或在这些可怕的

---

1 指印度尼西亚的那一大片群岛。

岛屿边上靠岸停泊的话,那真的是让人心惊胆战啊。

我们还会发现,月球的南极地区陆地比北极地区要多得多。在北极地区,只有一小块帽状的陆地,四周全都是宽阔的大海[1]包围着,与其他的大陆分隔开来。在南极,陆地几乎完全覆盖了南半球,因此,很有可能月球人在南极已经插上了自己的旗帜,而这之前,富兰克林们、凯恩们、迪蒙·迪维尔们、朗贝尔们等英法航海家们全都没有到达这个尚无人知晓的地方。

至于岛屿,真可谓遍布其上,无以计数。所有这些岛屿全部像是用圆规画出来似的,或椭圆形或浑圆形,组成一片辽阔的岛群,可以与古代神话中富有诗情画意的希腊和小亚细亚之间的那些岛屿相媲美了。纳克索斯岛、泰内多斯岛、米洛斯岛、卡尔的罗斯岛等著名岛屿的名字往往会不期然地闪现在我们的脑海里,以至我们常常会去寻觅尤利西斯[2]的战船或亚尔古人[3]的"剪羊毛的剪刀",那是米歇尔·阿尔当所常常挂在嘴边的话,他在月面图上看到的不过是希腊的一个群岛而已。在他的那两位不太狂热的同伴眼里,这些海岸的形状似乎像是新不伦瑞克和新苏格兰的那些支离破碎的土地,然而,正是在这个法国人发现了神话里英雄的踪迹的地方,那两个美国人也找到了适合建立月球上工商业城市的地点。

在描述了月球的大陆部分之后,我们还要就月球上的山脉说上几句。我们能够清楚地分辨出月球上的山脉、独立的山峰、环

---

1 当然,这儿所说的"海"只是很久很久以前可能是被海水覆盖着的无边无垠的地区,但现在已经变成辽阔的平原了。——作者原注

2 尤利西斯:古希腊史诗《奥德赛》的主人公。

3 亚尔古人:多指希腊神话中随伊阿宋到海外寻找金羊毛的亚尔古人。

形山岳和沟壑。月球上起伏不定的地势绵延于这一区域，山高沟深，险峻异常。有些地方仿佛是一个大得无边无垠的瑞士，有些地方又仿佛是一个连绵不断的挪威，所有这一切都是火成岩时期形成的。月球的这种起伏不定、高低不平是月球在开始形成时不断地收缩所致。月球表面的这种状况有利于研究那些大的地质现象。某些天文学家认为，月球表面尽管比地球表面形成得更加久远，但是它却处于新生期。那上面，没有水来侵蚀原始山脉，而其不断增大的侵蚀作用现正在起着一种平整作用。在那里，与此同时，因为没有受到空气风化作用的影响，其山脉的形态依然保持着原始状态。而地球上，在没有受到潮水和海流的侵蚀，沉积层尚未覆盖地表之前，也是如此的。

我们的目光在这片广阔的大陆地区逡巡了一遍之后，便被那些更加辽阔无边的大海给吸引过去。它们的形状、分布和形态使人不禁联想到地球上的海洋，而且它们也同地球上的海洋一样，占据着月球的大部分面积。但是，它们并不是满是海水的海洋，而是大面积的平原，三位旅行者希望能尽快地确定它们的性质。

必须指出，天文学家们给月球上的这些所谓的"海"取了一些至少科学界认为是奇怪的名字，可科学界却直至今日仍然沿用着这些名字。当米歇尔·阿尔当把这张月面图与一位斯居黛丽[1]或一位希拉诺·德·贝热拉克[2]所画的"温情图"做比较时，他是颇有道理的。

---

1 斯居黛丽（1607—1701）：法国女作家。
2 希拉诺·德·贝热拉克（1619—1655）：法国作家，星际幻想旅行小说《另一个世界》的作者。

"只不过，"他补充说道，"它已不再是17世纪的那张温情图，而是一张生命图了，月球被一分为二了，一部分属于阴性，另一部分属于阳性。右边是女性世界，左边是男性世界！"

　　米歇尔在这么说的时候，一边还冲着他的两位平凡乏味、毫无诗情画意的同伴耸了耸肩，巴比·凯恩和尼科尔是从另一个完全不同的角度去看那张月面图的，与他们的这位狂想型的朋友大相径庭。然而，他们的这位朋友却也不无道理。这还是留待大家去评议吧。

　　在那左半球上，有"云海"伸展开来，人的理智往往要沉溺其中。不远处，便是"雨海"，是人生无尽的烦恼汇聚而成的。在其近旁系"风暴海"，人在其中与其情欲相抗争，但常常是后者占了上风。随之，失望、背叛、不忠以及尘世间的种种苦难，使人疲惫不堪，苦不堪言，而最终获得的却是那浩瀚的"幽默海"，只是"露水湾"在向它提供几滴甘露而已。云、雨、风暴、幽默，除此之外，人生还能有什么呢？人生难道不都包含在这四个词里了吗？

　　右半球是"献给女士们的"，它上面的一些海要小得多，其名称的含义涵盖了女人一生的所有变故。年轻姑娘俯视的是"宁静海"，而"梦幻湖"上映照着美妙的未来！"仙酒海"中，柔情的波涛在涌动爱情，和风在吹拂！随后而来的是"繁殖海"，是"危机海"，是"雨雾海"，但它们也许太小了，最后是那宽阔无边的"平静海"，种种虚幻的情欲、无益的梦幻、难填的欲望都在其中消失殆尽，而滚滚波涛也都静静地淹没于"死亡湖"中了！

　　这是多么怪诞的一系列名称啊！月球一分为二，又像是一男一女结合在一起，形成一个生命之球，带入太空，这是多么奇特啊！狂想家米歇尔如此这般地诠释古代天文学家们的这种幻想难道没有道理吗？

但是，当他那无尽的想象就这样在一座座"海"里纵横驰骋的时候，他的那两位端庄持重的同伴却从地理学的角度看待这些事情。他们心中早已熟悉了这个新的世界，他们在测算它的角度和直径。

对于巴比·凯恩和尼科尔来说，"云海"不过是一个一片广袤的低洼地带，上面有几座环形山，并且占据南半球西部的一大片地区。它拥有的面积为十八万四千平方法里，其中心位于南纬十五度、西经二十度。"风暴海"只是月球表面最广袤的平原，占地面积达三十二万八千三百平方法里，其中心位于北纬十度，东经四十五度，上面耸立着以开普勒[1]和阿里斯塔克[2]的名字命名的两座令人赞叹的奇峰峻岭。

更往北部一些，被"云海"隔开的地带，是绵延着的"雨海"，其中心位于北纬三十五度，东经二十度，它的形状几近圆形，面积为十九万三千法里。离它不远便是"幽默海"，那是一个只有四万四千两百平方法里的小池塘，位于南纬二十五度、东经四十度。最后是三个海湾，名为"酷热湾""露水湾"和"鸢尾湾"，都是夹在高山之中的小平原。

"女性"的那个半球更加变化不定，特点是有许许多多更小的海。北边的"冷海"位于北纬五十五度、经度零度，面积为七万六千平方法里，与"死海"和"梦幻湖"相连；"宁静

---

1 开普勒（1571—1630）：德国天文学家。
2 阿里斯塔克：公元前3世纪的希腊天文学家。

海"位于北纬二十五度，西经二十度、面积为八万六千平方法里；"危海"界限分明，是一个圆形海，位于北纬十七度、西经五十五度，面积为四万平方法里，如同被群山环抱着的里海。在赤道附近的是"安静海"，位于北纬五度、西经二十五度，面积为十二万一千五百零九平方法里；它的南面与"酒仙海"毗邻，"酒仙海"的面积为两万八千八百平方法里，位于南纬十五度、西经三十五度，而其东边，则同"繁殖海"（该半球最大的海）相邻，面积为二十一万九千三百平方法里，位于南纬三度、西经五十度。最后，在最北边和最南边也有两个海："洪堡德海"和"南海"，前者面积为六千五百平方法里，后者面积为二万六千平方法里。

在月盘的中心，横跨在赤道和零度子午线上的是"中央湾"，仿佛一个连字符连接着两个半球。

在尼科尔和巴比·凯恩看来，始终可见的地球卫星就是这样的一个构成情况。他们仔细地计算了所有的数据之后，发现这个半球的面积为四百七十三万八千一百六十平方法里，其中的三百三十一万七千六百平方法里是火山、山脉、环形山、岛屿。总之，是构成月球的坚实的部分，另外的一百四十一万零四百平方法里是海洋、湖泊、沼泽，也就是月球上有水的地方。然而，可敬的米歇尔对此毫不在意。

大家可以看出，这个半球比地球上的那个半球要小十三点五分之一。不过，月球学家们却已经在那上面找到了五万多个火山口。因此，月球表面应该是隆起的，裂口随处可见，犹如一柄漏勺，而英国人则毫不客气地称它为"青奶酪"。

当巴比·凯恩提到英国人给它取的这个绰号时，米歇尔不禁跳了起来，他叫嚷道："这就是英国人的那种傲慢恶性，19世纪时，他们对待美丽的狄安娜、金发女子菲比、可爱的伊西斯、迷人的阿斯塔罗斯、黑夜女王、拉托娜和朱庇特的女儿、神采奕奕的阿波罗的小妹妹，采取的就是这种态度！"

第十二章

山岳的形态

我们已经介绍过了，炮弹车厢沿着飞行的那个方向，将它引向了月球的北半球。三位旅行者远远地偏离了中心点，如果他们的轨道没有发生这种无可挽回的偏离的话，他们本该到达这个中心点了。

现在是午夜十二点三十分了。巴比·凯恩估计他们与月球的距离有一千四百公里，这个距离要比月球的半径长一些，不过，随着炮弹车厢向北极飞行而去，这个距离将会缩小。此刻，炮弹车厢并不是在赤道上方，而是越过了北纬十度线，而巴比·凯恩与他的两位同伴从他们已经在月球图上标明的这条纬度线起直到北极，都能十分清晰地观测月球。

的确，通过望远镜来看的话，这个一千四百公里的距离能缩短为十四公里，亦即三法里半。落基山的天文望远镜能够将观察月球的距离缩得更短，不过地球的大气层使得望远镜的观测能力大大地缩减了。因此，巴比·凯恩立于炮弹车厢里，举起望远镜，已经观测到地球上的观测者几乎无法捕捉到的某些详细情况。

"朋友们，"俱乐部主席语气庄重严肃地说，"我不知道我们将去向何方，我不知道我们是否还能再看到地球。不过，我们还是应该继续工作，以便留给后人一些有用的东西。我们应该抛开一切个人得失，忘我地工作。我们是天文学家。这个炮弹车厢就是剑桥天文台送往太空的观测站，我们就来进行观测吧。"

他说完之后，他们便立即极其细致精确地干了起来，他们根据炮弹车厢与月球的不断变化的距离，毫厘不差地绘制了月面的各种情况。

当炮弹车厢飞抵北纬十度线时，它似乎在严格地循着东经二十度前行。

在此，必须详细地对如何使用月面图加以说明。在月面图上，由于望远镜所看到的都是倒置的物像，南在上，北在下；而且，又因为这种倒影的缘故，东就在左，西便在右了。不过，这并没多大关系。只要把月面图翻转过来，那么就如同我们眼睛所见到的那样，东在左，西在右，这是和地图恰恰相反的。这种反常现象之所以存在，是因为观测者们如果站在北半球，在欧洲，如果愿意的话，就会发现月球位于他们的南面。他们在观测月球时，背冲着北，这与他们看地图的姿态完全相反，所以东便在他们的左边，而西则在他们的右边。如果观测者站在南半球，比如站在巴塔戈尼亚，那么月球的西部自然也就在他们的左边了，而东部则在他们的右边，因为他们背对着南边。

这就是月面图两个主要方位明显倒置的原因，所以在跟着巴比·凯恩观测时，必须注意这一点。

三位旅行者借助比尔和马德莱尔的月面图能够毫不犹豫地确认望远镜镜头中月球的各部分。

"我们此刻看到的是什么？"米歇尔问道。

"是'云海'的北部，"巴比·凯恩答道，"我们离得太远了，无法确定其性质。这些平原是否像早期的那些天文学家所声称的，是由一些干沙粒构成的？是否像沃伦·德·拉吕先生所说的是一些广袤的大森林？沃伦·德·拉吕先生认为月球大气层很低很密，我们稍后将会弄明白是怎么回事。在没有确定之前，先别做任何断定。"

在月面图上，这片"云海"边缘不是很清晰。有人猜测这片广袤的平原，是由它右边不远处的托勒密、普尔巴克、阿扎谢尔等火山所喷出的岩浆所凝成的大石头组成的。但是，炮弹车厢正在往前运行，明显地在靠近月球，"云海"北边很快便出现了一座座高山。在其前面，耸立着一座美丽雄伟的高山，其山峰仿佛隐没在喷薄而出的万道光芒中。

"那是？"米歇尔问。

"哥白尼山。"巴比·凯恩答道。

"咱们仔细瞧瞧它。"

此山位于北纬九度、东经二十度，高出月球表面三千四百三十八米。从地球上就可以清晰地看到它，所以天文学家们完全可以很好地研究它，特别是月球进入下弦月和新月之间的那段时间，因为在此时此刻，它的阴影从东往西拖得很长，便于测量它的高度。

除了南半球的蒂戈山[1]之外，哥白尼山构成了它那最大的山峰。它孤峰突兀，宛如一座巨型灯塔，雄踞在与"风暴海"相邻

---

1 蒂戈山：是以丹麦天文学家蒂戈的名字命名的。

的"云海"边上，以它那灿烂的光芒同时映照着那两个海。它那绵延不断的光束，在满月之时光芒四射，闪亮耀眼，越过北边的群山奇峰，一直延伸至"雨海"，实为无出其右的一个异景奇观。地球时间凌晨一点，炮弹车厢像飘荡在太空的一只气球，俯视着这座雄伟壮丽的高山。

巴比·凯恩得以准确无误地辨清此山的主要状况。哥白尼山属于大型环形山中第一流的环形山脉之一。它同凌驾于"风暴海"之上的开普勒山以及阿里斯塔克山一样，有时候就像穿过灰色月盘的一颗亮星，因而被视为一座活火山。其实，它也同月球的这个表面上所有的火山一样，只不过是一座死火山而已。它的火山口直径在二十二法里左右。用望远镜可以从中看到历次喷发的痕迹，而且，其四周满是火山岩的碎块，其中有一些碎块尚留在火山口中。

"月球有着好几种环形山，"巴比·凯恩说，"不难看出，哥白尼山属于辐射性火山。假如我们能更靠近一些的话，我们就可以看到其内部有着许多锥状体，它们从前全都是火山口。月球圆盘上无一例外地有一种奇特的现象，那就是所有的环形山的内部都比其外面的平原要低，与地球上的火山口完全不同。因而，这些环形山的底部的总体曲线绘出的球体的直径要小于月球的直径。"

"为什么会出现这种特殊情况呢？"尼科尔问。

"我不知道。"巴比·凯恩回答道。

"这种辐射状真壮观，"米歇尔连连称赞着，"我很难想象得出，有谁能够看到比这更加壮观的景象啊！"

"要是我们的这趟旅行幸运的话，我们就会到达南半球，那时候看你还能怎么说呀！"

"那好！我就说比这儿还要美得多！"米歇尔·阿尔当回答道。

此刻，炮弹车厢垂直地凌驾在环球山的上方。哥白尼山的轮廓构成一个几近完美的圆圈，其峭壁悬崖清晰可见。你甚至都能看到一种双层的环状山壁。在其四周，是一大片灰蒙蒙的平原，荒芜凄楚，上面有一个个黄色的突起。在环形山内，时不时地会闪亮一下，仿佛藏在首饰盒里的宝石突然闪现出耀眼的光芒。往北看去，壁垒较低，可能是通往火山内部的一个凹陷的洞口。

在飞临近边的平原上空，巴比·凯恩记录下了许许多多的不太大的山岳，其中有一座小小的环形山，名叫盖·吕萨克山[1]，其宽度为二十三公里。南边是一片平原，很平坦，没有一个丘陵，连一个土丘都没有。北边则正好相反，一直到与"风暴海"接壤处，仿佛一片被飓风掠过的海面，遍布着山峦与丘陵，宛如浪涛滚滚。在这片大平原上，一条条光束在向哥白尼山汇聚，如百川奔大海一般。其中有几个宽达三十公里，长度简直无法估算。

我们的三位旅行者在讨论着这些奇特的光线的来源，但他们同地球上的观测者们一样，也弄不清楚这些光线是怎么回事。

"这些光线会不会只是一些普普通通的能强烈反射阳光的山梁？"尼科尔说。

"不会，"巴比·凯恩回答道，"要是那样的话，在月球的某些条件下，这些山梁就会投射出一些阴影，可是，它们并没有投影出阴影来。"

确实，这些光线只是在白昼的天体位于月球对面的时候才出

---

1 盖·吕萨克山：以法国物理学家、化学家盖·吕萨克的名字命名的月球山。

现，而等到太阳倾斜时，它们也就消失了。

"那这些光线又该如何解释呢？"米歇尔问，"因为我无法相信天文学家们永远也拿不出一种说法来！"

"是呀，"巴比·凯恩说，"赫歇尔[1]倒是有过一种看法，但他却不敢肯定。"

"那有什么呀。他是怎么认为的？"

"他认为这些光线大概是冷却了的熔岩流，当阳光正常地照到它们的时候，它们就会闪闪发光。可能是这么回事，但是却无法确定。不管怎么说，反正我们更加靠近蒂索山的时候，就可以更好地搞清楚这些光线产生的原因了。"

"朋友们，你们说这片我们从高处往下看到的平原像什么呢？"米歇尔问。

"不知道。"尼科尔回答道。

"嗒，我看所有这些纺锤状的熔岩就像是随手乱扔的游戏棒，只缺少一个铁钩将它们一根一根地挑出来。"

"别逗趣了！"巴比·凯恩制止道。

"好，咱们都严肃点，"米歇尔心平气和地说，"就别提什么游戏棒了，但是，说它们像是死人的骸骨总没错吧。这片平原就像是一个巨大的万人冢，里面埋葬着上千代的死者遗骸。这个形象的比喻，你该认可了吧？"

"没什么区别，大同小异。"巴比·凯恩反诘道。

"见鬼！你可真是个刺儿头！"米歇尔回敬道。

"我尊敬的朋友，"讲求实际的巴比·凯恩说，"我们尚不

---

1 赫歇尔（1738—1822）：英国天文学家。

知那是些什么东西的时候，弄清楚它像什么有什么意义呀！"

这时候，炮弹车厢仍以几乎相同的速度在循着月球前行。不难想象，我们的三位旅行家没有想过休息一小会儿。景象每分每秒都在变化，稍不留神便一晃而过了。凌晨一点半左右，他们隐隐约约地看到另一处山脉的座座山峰。巴比·凯恩看着月面图，认出那是埃拉托斯泰纳山[1]。

这是一座环形山，高达四千五百米，是月球上那些众多的环形山之一。巴比·凯恩就此告诉他的朋友们，开普勒就这些环形山的形成有他的独特的见解。按照这位著名的数学家的看法，这些状似炮口的洞穴有可能是月球人挖出来的。

"他们挖这些山的目的何在？"尼科尔问。

"出于极其自然的心理！"巴比·凯恩回答道，"他们从事这项巨大的工程，挖掘这么巨大的洞穴，很有可能是为了藏身其中，避免被阳光连续直射十五天之苦。"

"月球人倒是不蠢呀！"米歇尔说。

"这种想法很出奇！"尼科尔说，"不过，有可能开普勒并不知道这些环形山有多么大，因为进行这么大的工程，非巨人不可，月球人根本就办不到的！"

"为什么办不到？如果月球表面上的物体的重量比地球上的轻六倍呢？"米歇尔说。

"那要是月球人比我们的身材要矮上六分之一呢？"尼科尔反问道。

"要是并不存在月球人呢？"巴比·凯恩也补充地问了一

---

1 埃拉托斯泰纳山：以古希腊数学家、天文学家、哲学家埃拉托斯泰纳（公元前约275—前194）的名字命名的山。他是第一个测量出黄道倾斜度的人。

句，然后，大家也就结束了这个问题的讨论。

不一会儿，埃拉托斯泰纳山便隐没到地平线下面去了，可炮弹车厢这时尚未太靠近月球，没能仔细地观测这座山。这座山把亚平宁山脉与喀尔巴阡山脉分隔开来。

我们在月球山岳图中看到几条山脉，它们大部分是分布在北半球的。不过，有这么几座山却是位于南半球的。

以下是由南向北顺序排列的各种山脉的排列表，并注明了它们的纬度以及它们主峰的高度。

多菲尔山	南纬84°，高7603米
莱布尼茨山	南纬65°，高7600米
鲁克山	南纬20°至30°，高1600米
阿尔泰山	南纬17°至28°，高4047米
科迪勒拉山	南纬10°至20°，高3898米
比利牛斯山	南纬8°至18°，高3631米
乌拉尔山	南纬5°至13°，高838米
阿朗贝尔山	南纬4°至10°，高5847米
赫姆斯山	北纬8°至21°，高2021米
喀尔巴阡山	北纬15°至19°，高1939米
亚平宁山	北纬14°至27°，高5501米
金牛山	北纬21°至28°，高2746米
里费山	北纬25°至33°，高4171米
厄尔西尼山	北纬17°至29°，高1170米
高加索山	北纬32°至41°，高5567米
阿尔卑斯山	北纬42°至49°，高3617米

在这些山脉中，最重要的就是亚平宁山脉，它绵延一百五十法里，但没有地球上的那些大山脉长。亚平宁山脉沿着"雨海"的东部边缘伸展着，北部直抵长约一百法里的喀尔巴阡山脉。

旅行者们只能隐隐约约地看到亚平宁山脉的主峰，它从西经十度一直延伸到东经十六度。但是，喀尔巴阡山脉却是从东经十八度一直延伸到东经三十度，正好在他们三人的视野之中，所以他们能够摸清这条山脉的分布。

他们觉得有一种假设是可以成立的。看到这条喀尔巴阡山脉的环形状态被突兀的山峰震慑住，他们便下结论，它从前曾经是一些大型环形山。而这些环状山大概曾经被"雨海"大片大片地吞噬而被割裂开来。这些喀尔巴阡山系的山峰从其形状来看，最初可能是类似于普尔巴赫山、阿尔扎歇尔山和普托勒内山这样的高峰，它们的平均高度达三千两百米，与比利牛斯山脉的那些山峰的高度相差无几。它们的南坡陡直地直下到辽阔的"雨海"。

将近凌晨两点钟的时候，巴比·凯恩与月球的二十度线持平，离那座名为皮蒂亚斯山的高一千五百五十九米的小山不远。炮弹车厢离月球只有一千两百公里了，从望远镜里看过去，只有三法里的距离。

"英布里奥姆水塘"在三位旅行者看来，像是一个巨大的凹坑，里面的具体情况尚不清楚。在他们的左边不远，耸立着朗贝尔山，其高度估计有一千八百一十三米；稍远处，接近"风暴海"的边缘，位于北纬二十三度、东经二十九度，则是金光四射的厄莱尔山。此山在月球表面只有一千八百一十五米高，是天文学家斯勒特尔发现的。这位学者一直在探索月球山脉的起源，他曾经想过：火山的体积是否总是与形成火山的山体持平？一般来说，是这样的，斯勒特尔因此而得出结论说，火山仅仅一次喷发出的物质就足以形成那些壁垒了，因为连续不断的火山喷发破坏了这种关系。只有厄莱尔山在否定这一普遍规律，它的形成就是多次连续的火山喷发的结果，因为它的山洞的体积是它的"围墙"的一倍。

所有这些假设都给没有完备仪器的地球上的观察者们提供了便利。但是，巴比·凯恩不再满足于这些假设了。他看到他的炮弹车厢在正常地靠近月球运行，他也就死心了，不再想着能够探清月球形成的秘密，因为他们已无法登上月球了。

第十三章

月球风光

凌晨两点半钟，炮弹车厢穿过月球纬度三十度线，与月面的实际距离为一千公里，但从望远镜中望去，只有十公里了。它好像是永远也无法降落在月球上的某一个地点了。它的速度已相对降低，而巴比·凯恩主席却想不明白到底是为什么会出现这种情况，之前的推测也只限于推测，并无确凿根据。在离地球这么远的地方，必须具有很大的速度才能抵挡得住月球的引力，因此，这其中到底是什么现象导致出现这种情况，他们尚未弄明白。而且，时间太紧，也来不及去研究它。月球表面的那些突兀的地势在三位旅行者眼前迅速地闪过，他们不愿放过任何一个细节。

月球在望远镜里看过去的距离只有两法里半了。地球上的一个航空专家在这样的一段距离之下，能在月球表面上看到些什么呢？我们难以解答这一问题，因为在地球上飞行最高的高度没有超过八千米。

不过，巴比·凯恩和他的两位同伴从这一高度所看到的东西，我们来如实地叙述一下。

月球表面出现了一大块不同的颜色。月球学家们对这些颜色块的性质尚未有一致的看法。它们的颜色各不相同，反差很大。尤利乌斯·施密特认为，如果地球上的海洋干涸了，那么月球观测者也不可能在地球上各个海洋和陆地之间，辨别清楚地球观察家们看到的月球上的许多不同的颜色。按照他的看法，月球上的那些被称之为"海"的广袤平原所共同具有的颜色，是微微有点泛绿褐色的深灰色。有几座很大的火山也呈现出这种颜色。

巴比·凯恩了解这位德国月球专家的观点，而且比尔先生和马德莱尔先生也持这一观点。某些天文学家认为月球颜色只是一种灰颜色，但巴比·凯恩发现他和他的同伴们的观测与前者大相径庭。在某些地方，绿色十分明显，如同尤利乌斯·施密特所说，"宁静海"与"幽默海"也是如此。巴比·凯恩还发现，一些内部没有圆锥体的大火山显现的是一种淡蓝色，类似于刚磨光的铜板的反光一样。这些颜色完全是月面的颜色，并非像有几位天文学家所说的那样，是什么物镜的缺陷所致或地球大气层干扰的结果。巴比·凯恩认为，在这个问题上，不应该有任何的怀疑。他通过真空观测，不可能有任何光学方面的错误。他认为月球上的这些不同的颜色完全是科学事实。现在，这种深浅不同的绿色，是否由月球那又密又薄的大气层所保护的一种热带植物所呈现出来的呢？他现在还无法回答。

在更远一些的地方，他发现了一种淡红的颜色，十分显眼。在位于月盘边缘的厄尔西尼山附近的利希滕贝格山脉的一个环形山内部最深的地方，也呈现着这种颜色，但是巴比·凯恩仍旧无法确定其性质。

对于月盘上的另一个特征，他也没什么把握，因为他无法准确地说出其原因，下面就是那个特征。

米歇尔·阿尔当就在主席身旁观测着，这时候，他发现了一些长长的白色线条，被太阳直射的强光照得明晃晃的。这是一条条明亮的沟壑，与哥白尼以前所说的光线完全不同。它们一条一条地保持着平行。

一向非常自信的米歇尔此时此刻也憋不住大声嚷嚷道："啊！瞧呀，是耕地！"

"是一些耕过的田地？"尼科尔耸了耸肩说。

"至少是耕种过了的，"米歇尔·阿尔当反诘道，"这些月球人真是一些耕地的好把式，要耕出这么大的沟来，得驾上多么大的牛呀！"

"那可不是耕出来的犁沟，"巴比·凯恩说，"而是一些沟槽。"

"就算是沟槽吧，"米歇尔顺从地说道，"不过，在科学界，沟槽是什么意思呀？"

巴比·凯恩立刻便将他所知道的有关月球上的沟槽的情况讲给他的这位同伴听。他知道这是月球上的那些所有非山岳部分所能观测到的一些沟槽，这些沟槽往往是独立存在着的，长达四法里到五十法里不等，沟宽在一千米到一千五百米之间，而且其两侧完全是平行的。但是，巴比·凯恩只知道这一些，对于它们是如何形成的以及它们的性质，他就不清楚了。

巴比·凯恩举起望远镜，极其专注地观察着这些沟槽。他发现这些沟槽的边缘极其陡峭。它们是一些平行的长壁垒，如果稍有点想象力的话，就会认为是月球上的工程师们修筑起来的长长的防御工事。

在所有这些沟槽中，有一些是绝对笔直的，仿佛是木匠打的一条条墨线。另有一些沟槽则稍微有点弯曲，但两边仍然是平行的。有的沟槽相互交叉，有的则穿过火山口；有的穿过环形山内部低地，比如波西多尼尤斯山和佩塔维奥斯山；有的则在那些"海"上弯来拐去的，比如"宁静海"。

这些自然的地形地貌必然会激发起地球上天文学家们的想象力。最早的那些观测并没有发现这些沟槽。无论是海韦留斯、卡西尼、拉希尔还是赫歇尔都不知道它们是什么东西。直到1789年，施勒特尔关于沟槽的报道才第一次引起了天文学家们的关注。这之后，又有一些天文学家开始研究起沟槽来，比如帕斯托尔夫、格鲁伊图伊森、比尔和马德莱尔。如今，沟槽的数目已经达到七十条。但是，尽管我们弄清楚了它们的数量，却没有能确定它们的性质。可以肯定的是，它们并不是什么防御工事，也不是过去的河床缺少水源而变成了干涸的河床。因为，一方面，月球表面的水的重量非常轻，不可能冲刷出这么大的沟槽来；另一方面，这些沟槽往往会穿越地势很高的一些火山口。

然而，必须承认，米歇尔·阿尔当倒是想出了一个好点子，无意之中竟然与尤利乌斯·施密特的看法不谋而合。

"为什么不能将这些无法解释的现象视为植物现象呢？"米歇尔说道。

"你是什么意思呢？"巴比·凯恩兴冲冲地问。

"你先别急嘛，我可敬的主席，"米歇尔回答道，"这些深颜色的仿佛防御工事似的线条会不会是排列成行的树木呀？"

"你肯定那是成行成行的树木？"巴比·凯恩追问道。

"我认为是，"米歇尔·阿尔当坚定地说，"我可以解释你们这些学者解释不了的东西！至少我的假设有一大优势，能解释为什么这些沟槽会或者似乎会周期性地消失。"

"那你说说看是什么原因。"

"因为当这些大树落叶的时候，就看不见它们了，可是，等到它们又枝繁叶茂时，我们就又能看见它们了。"

"你的解释很妙，我亲爱的伙伴，"巴比·凯恩说，"但是，却无法让人信服。"

"为什么呀？"

"因为，可以说，月球上并没有季节变化，因此，你所说的植物现象也就不可能在月球上出现。"

确实，月球的倾斜度很小，所以太阳在每一条纬度线上的高度几乎都是保持不变的。在赤道地区上方，太阳几乎永远不变地占据着天穹，而在两极地区，它又不会升到地平线之上。因此，每一个不同地区，便总是春天、夏天、秋天或冬天，如同在木星上一样，因为木星的轴和运行轨道的倾斜度同样也是很小的。

这些沟槽到底是如何生成的？这个问题很难解答。它们肯定是在火山口和环形山形成之后，因为有许多的沟槽是突破环状壁垒进入火山口和环形山的。因此，有可能它们是最后的地质时代所形成的，系自然力的膨胀所致。

此刻，炮弹车厢已经到达月球纬度四十度了，与月球相距不会超过八百公里。而出现在望远镜镜头里的物体只有两法里远。在这个地方，在他们的脚下，耸立着埃利贡山，其高度达五百零五米，左边是那些不太高的圆山丘，靠近"雨海"，名为"鸢尾湾"。

地球大气层必须比它原来的状况提高一百七十倍的清晰度，才能让天文学家们对月球表面进行更加全面的观测。不过，在炮弹车厢飘浮着的真空里，在观测者的肉眼与所观测的物体之间，没有任何的流体妨碍。再者，巴比·凯恩把被观测的物体的观察距离缩短到威力最大的望远镜从来没有达到的距离，无论是约翰·罗斯的高倍数的望远镜，还是落基山的那架天文望远镜都不会产生如此好的景象。因此，在这么有利的条件下，巴比·凯恩应该可以解决有关月球的可居住性的重大问题了吧，但是，他对这个问题仍然束手无策。他所能够看到的只是广袤的平原和旷野，还有北边的一些光秃秃的山峦。这里没有任何一处是经过人工加工过的工程，也没有任何一处废墟证明人类曾经待过，甚至没有任何的哪怕是低级动物在这儿群居过。这里看不到哪处有动物的活动，也看不到哪处有植物存在的痕迹。地球上有三界——动物界、植物界和矿物界，在月球上却只有一界：矿物界。

"唉！"米歇尔·阿尔当神情有点尴尬地说，"难道连一个人也没有呀！"

"直到如今，就是一个也没有，"尼科尔说，"没有人，没有动物，没有树木。不过，话说回来，我们不应该过早地下结论，说不定月球大气层已经藏匿到洞穴里，藏匿到环形山内，或者甚至藏匿到月球的另一面去了。"

"再说，"巴比·凯恩补充道，"即使你目光再锐利，距离七公里以上，一个人你就看不见了。因此，假如真的有月球人的话，他们可以看到我们的炮弹车厢，但我们却看不到他们。"

将近凌晨四点时分，炮弹车厢到达纬度五十度的地方，与月球的距离缩短到六百公里。左边有一条蜿蜒曲折的群山线，闪闪发亮。右侧则相反，是一个漆黑的洞，宛如一口深井，又黑又深。

这个洞名为"黑湖"，亦称"柏拉图山"，系深邃的环形山，当月球进入下弦月和新月，其阴影从西往东投射时，人们就可以从地球上对它进行观察研究。

这种黑乎乎的颜色在月球表面尚属罕见。人们尚未了解它，只是在北半球"冷海"东边的厄狄米翁环形山[1]深处和月球东部边缘赤道上的格里马尔迪环形山的光底看到过这种黑颜色。

柏拉图山是一座环形山，位于北纬五十一度、东经九度，长九十二公里，宽六十一公里。巴比·凯恩颇为遗憾炮弹车厢根本就没有飞临这个广阔的洞穴的上空，那儿有一个深渊可以探测，也许还能发现什么神秘现象。但是，炮弹车厢无法改变其轨迹，只好认倒霉了。我们根本就操纵不了热气球，更别说操纵炮弹车厢了，因为我们被关在这个牢笼里了。

大约凌晨五点光景，终于越过了"雨海"的北部边缘。拉孔达米纳山[2]和米塔纳尔山[3]一个在左，一个在右。在月球上的这一地区，从纬度六十度起，全部是山区。从望远镜中望去，它同炮弹车厢的距离只有一法里，低于勃朗峰[4]与海平面的距离。这一地区全部都是兀立的山峰和环形山。靠近纬度七十度线处，耸立着菲格拉乌斯山，山高三千七百米，火山口呈椭圆形，长十六法里，宽四法里。

此刻，从这个距离看过去，月盘的面貌极为奇特。眼前的景色与地球上的景色大相径庭，特别差劲。

月球没有大气层，也就是缺乏环绕月球的空气，其后果我

---

1 厄狄米翁环形山：以希腊神话中的狄安娜的情人、青年牧人厄狄米翁的名字命名的山。
2 拉孔达米纳山：以法国数学家拉孔达米纳的名字命名的山。
3 米塔纳尔山：以法国作家米塔纳尔的名字命名的山。
4 勃朗峰：位于法国东部的阿尔卑斯山脉的著名山峰，海拔4810米。

们已经讲述过了。其表面没有晨曦和暮霭，没有白昼与黑夜的更迭交替，仿佛只靠着深沉的黑暗中突然亮起的一盏灯，灯亮则天明，灯灭则天黑。没有冷热的过渡，气温宛如沸水，瞬间便能从沸点降至冰点。

空气的缺乏还造成另一个结果：绝对的黑暗笼罩在太阳照射不到的地方。地球上那种光的扩散，使空气保持着光线的半明半暗，可以有黄昏、黎明，有阴影或半阴影，在月球上却并不存在这些。因此，月球上只有黑白两种颜色在交替，对比分明。一个月球人只要不让太阳照射到眼睛，那么他看到的天空就绝对是黑漆漆的，而且星星也像是在漆黑的夜里闪烁着。

这种奇特的现象给巴比·凯恩及其两位朋友造成怎样的印象，那只好由大家来猜测了。他们都看得眼花缭乱了，已经分不清各个不同的景象相互间的距离了。月球上的景物没有明暗现象辨析，所以地球上的风景画家是画不出月球上的风景来的，顶多是在一张白纸上洒上几块墨迹而已。

即使炮弹车厢行至纬度八十度时，这种月球景观也依然如故。炮弹车厢现在离月球只有一百公里了。甚至在清晨五点，当它从离乔亚山[1]五十公里处经过的时候，看到的月球风景也一如既往，没有任何的变化。而在这儿，望远镜已经能把距离缩短到八分之一法里了。似乎伸出手去就能摸得到月球。看来，可能炮弹车厢很快便要撞上月球了，哪怕是撞在月球的北极也好。而此时此刻，北极明亮的顶端已经在黑色的天幕中显现出来。米歇尔·阿尔当很想打开一扇舷窗，跳到月球上去。那可是从十二法

---

1 乔亚山：以14世纪意大利航海家乔亚命名的山，据说此人是罗盘的发明者。

里的高空跳下去！而他却不以为然。不过，这纯粹是一种徒劳无功的尝试，因为如果炮弹车厢无法到达月球的某一个点的话，那么米歇尔·阿尔当因本身也在运动，所以同炮弹车厢一样，也到不了月球的。

现在已是六点钟了，月球的北极显现出来。旅行者们看到的月球北极极其明亮，但它的另一半却完全隐没在黑暗之中。可是突然间，炮弹车厢一下子越过了明暗相间的分界线，瞬间就落入了漫漫黑夜之中。

第十四章

三百五十四个半小时的漫漫黑夜

在突然出现这一现象的那一瞬间，炮弹车厢在离月球五十公里处越过北极。没几分钟工夫，它便沉入绝对的黑暗之中了。变化如此剧烈，没有颜色的变换，没有光亮度的逐渐减小，没有光波的渐渐减弱，月球像是被谁一口气吹灭了似的。

"月球被融化了，消失了！"米歇尔·阿尔当惊慌失措地叫喊着。

确实，没有了一丝光，也没有了一点影儿。先前还闪闪发亮的月盘，现在什么也看不到了。在周围闪烁星光的衬托下，它显得更加黑暗无边。正是"这个黑暗"让月球陷入茫茫黑夜之中，长达三百五十四个半小时。这个长夜是因月球的自转和围绕地球的公转所致。炮弹车厢陷入月球的圆锥形阴影之中，也同月球一样，不再受太阳光的照射，所以全都看不见了。

炮弹车厢内一片漆黑，三位旅行者彼此谁都看不见谁。因此，必须将这车厢内的黑暗驱散，尽管巴比·凯恩惜煤气如命，也不得不使用储量不多的煤气，借助它来制造人造亮光。唉，太阳不施舍，这让他们失去了多么宝贵的资源啊……

"这个浑蛋太阳！"米歇尔·阿尔当诅咒着，"它竟然不愿意为我们提供免费的阳光，逼着我们去浪费煤气。"

"咱们也别斥责太阳了，"尼科尔说，"那不是它的错，要怪就得怪月球，因为它挡在我们与太阳之间，让我们沉入黑暗之中。"

"是太阳的错！"米歇尔还这么责怪着。

"是月亮的错！"尼科尔反对道。

二人无聊地争论着，但被巴比·凯恩给制止住了："朋友们，这不是太阳的错，也不是月亮的错。这是炮弹车厢的错，因为它没有严格地循着自己的轨道运行，傻乎乎地偏离了轨道。不过，更正确地说，应该是那颗讨厌的火流星，是它该死地将我们最初的运行轨道给弄偏了。"

"好了，"米歇尔·阿尔当说，"既然事已至此，咱们就吃饭吧。观测了一整夜，总得恢复一下体力了。"

这一提议没人反对。米歇尔没一会儿便准备好了早餐。但是，大家也只是喂喂肚子，喝了酒却没有举杯庆祝，也没高呼"万岁"。这三位勇敢无畏的旅行者被吸进黑暗之中，没了阳光的陪伴，不免感到一种莫名的惆怅涌上心头。维克多·雨果善于描写的那种"可怕的黑暗"紧紧地缠绕在他们的心间。

此时此刻，他们在聊着这自然规律强加在月球居民们身上的这三百五十四个半小时，亦即将近半个月的时间。巴比·凯恩向他的两位朋友阐释这奇特现象的前因后果。

"这肯定是一种奇特的现象，"他说道，"因为，如果说月球的每一个半球都要有十五天见不着太阳的话，那么我们此时此刻正凌驾其上的这个半球，在那漫漫长夜中，也是无缘见到光闪

"咱们也别斥责太阳了，"尼科尔说，"那不是它的错，要怪就得怪月球，因为它挡在我们与太阳之间，让我们沉入黑暗之中。"

闪的地球的。总而言之，在月球上只有一面能见到'月亮'——也就是我们的地球，它就是月球人的'月亮'。因此，如果地球也如此的话，比如，如果欧洲见不到月亮，而只能在它对面半球的陆地上才能见到月亮的话，你们想一想，一个欧洲人到了澳大利亚会多么惊讶呀！"

"大家跑那么远就是为了看月亮呀！"米歇尔说道。

"嗯，"巴比·凯恩接着说，"那些住在地球相反的一面，也就是说，住在我们地球同胞们永远看不见的另一面的月球人也会这么惊讶不已的。"

"也就是说，"尼科尔补充道，"如果我们在新月时到达这儿，也就是十五天后到达这儿的话，我们就有可能看到它了。"

"我再补充一句，"巴比·凯恩又说道，"与之相反，对看得见的那一面上的月球人来说，大自然在惠顾他们，他们比看不见的那一面上的自己的兄弟们就幸运得多了。正如你们所看到的那样，他们的兄弟仍有连续三百五十四个半小时的漫漫长夜要熬，见不到一丝光亮。但他们却恰恰相反，当太阳照耀着他们十五天之后，沉入地平线下，他们便可以看到对面地平线上升起一轮'红日'来，这个'红日'就是地球，它要比我们所熟悉的月球大十三倍，它在一个两度的直径上增大，并投射出强十三倍的光线，且不受地球大气层的任何影响。而且，地球在太阳又重新升起的那一刻才消失！"

"妙语如珠！"米歇尔·阿尔当说，"不过，也许带了点学究气儿。"

"因此，"巴比·凯恩连眉头都没有皱一下就继续说，"月球的这个可以看得见的一面应该是非常适合居住的，因为在这一面，当满月之时，可以看见太阳；而当新月时，又可以看见地球。"

"可是，"尼科尔说，"阳光照射的热度会让人受不了的，所以这一长处也就被抵消了。"

"在这个方面，月球的两面都存在着同样的缺陷，因为地球的反光显然是没有什么热度的。不过，看不见的那一面总是比看得见的那一面所承受的热度更高。我这是针对您说的，尼科尔，因为米歇尔可能搞不明白。"

"谢谢！"米歇尔说。

"的确，"巴比·凯恩接着说道，"当看不见的那一面同时接受太阳的光线和热力的时候，那是因为月亮呈新月状，也就是说，月球位于太阳与地球之间，三个星体连成一线。因此，当它与满月时相比，离太阳比离地球要近两倍，估计可能会有太阳与地球之间的距离的两百分之一，大致有二十万法里。也就是说，这看不见的一面在接受阳光的时候，离太阳近二十万法里。"

"非常正确！"尼科尔说。

"相反……"巴比·凯恩正待往下说。

"等一等！"米歇尔打断了他的这位正儿八经的同伴。

"你想说什么？"

"就想说一说我的看法。"

"为什么呀？"

"为了证明我已经听明白了。"

"那你先说。"巴比·凯恩微笑着说。

"相反，"米歇尔说，一边在模仿巴比·凯恩的语调和手势，"相反，当月球看得见的一面在承受阳光时，正值满月时期，也就是说，它相对地球而言，离太阳更远，大约有二十万法里，所以它接受的热力就要少一些。"

"说得好！"巴比·凯恩大声赞扬道，"你知道吗，米歇尔，对于一位艺术家而言，能懂得这么多，真的是非常聪明了。"

"没错，"米歇尔不以为然地回答道，"我们意大利林荫大道的人全都这样。"

巴比·凯恩庄重地握住他这位可爱朋友的手，继续讲述对居住在看得见一面的月球人的几个有利的地方。

除了其他的有利条件而外，他又引证道，只有在这一面居住的月球人才能看得到日食，因为必须等月球位于地球的另一边时，才有日食出现。由于地球运行至太阳与月亮之间的时候所出现的日食，能够持续两个小时，在此期间，由于地球大气层的折射，地球大概在太阳上只是一个小黑点。

"如此说来，"尼科尔说道，"这个看不见的半球非常倒霉，不为大自然所宠爱。"

"是呀，"巴比·凯恩说，"不过，也并不是倒霉透顶。其实，由于某种天平动[1]，也就是月球中心的摆动，月球呈现给地球的会是比一半稍大一点的月盘。它像是一只钟摆，重力中心偏向地球，而且摆动均匀。这种摆动是怎么产生的呢？这是因为它的自转运动的速度是相等的，但它在沿着环绕地球的椭圆形轨道做公转运动时，其速度则并非如此，而是时快时慢。在近地点

---

1 天平动：天平动又称天秤动，是一种天文现象，即月球环绕月心所做的周期性的、像天平那样摇摆的运动。主要是由于月球轨道的偏心率，还有月球自转轴和绕地球转动的轨道面的法线有六度至七度的交角而形成。

时，公转速度是优势，而月球则露出西边的一小部分来。在远地点时，自转的速度占了上风，月球便露出东边的一小部分来。它在东边或西边所显露出的那块纺锤状的面积的宽度大约为八度，因此，我们可以看到月球显露出的面积为其总面积的千分之五百六十九。"

"这有何难，"米歇尔回答道，"我们如果一旦变为月球人的话，我们就居住在看得到的那面好了。我嘛，我喜欢阳光！"

"可是，千万别像某些天文学家所说，"尼科尔反驳道，"月球大气层都凝结在另一面呀。"

"这个嘛，只不过是一种说法罢了。"米歇尔不在乎地说道。

这时候，三位旅行者吃罢早餐，早已重新回到各自的岗位上去了。他们将炮弹车厢内的所有灯光全部熄灭，试图透过黑暗的舷窗，向窗外看去。但是，除了一片漆黑，什么亮光都见不到。

有一件无法解释的事实在困扰着巴比·凯恩。炮弹车厢如此近距离地越过了月球——大约五十公里——它怎么就没有降落在月球上呢？如果它的速度太快，我们还可以理解为什么没能降落。可是，它的速度是比较低的，但却又能抵抗得住月球的引力，这就让人费解了。炮弹车厢是不是屈从于一种不明的影响呢？是不是有一个什么物体把炮弹车厢锁在了以太空间里了？现在已经很明显了，炮弹车厢将永远也到不了月球上。它要飞往何方？它会远离月球还是靠近月球？它是不是会在这漆黑的夜里被带向无限空间？所有这些问题都在困扰着巴比·凯恩，但他又一筹莫展，无法解开这个谜。

其实，那个看不见的天体就在那儿，也许只离着几法里，或者几英里，可是无论巴比·凯恩还是他的两个同伴，都看不到

炮弹车厢如此近距离地越过了月球——大约五十公里——它怎么就没有降落在月球上呢？

它。即使月球表面上有什么响动，他们也听不见。空气这个传送声音的媒介并不存在，所以他们听不到这个月球的呻吟，听不到这个阿拉伯传说中的"半身正化为花岗岩但心脏尚在跳动的人"的呻吟！

无须赘言，就是再有耐心的观测者也会感到十分恼火的。从他们眼皮底下溜走的正是这个尚未被认识的半球！月球的这一面十五天之前或十五天之后，或已被太阳照射或将被阳光照射，可是此刻它却隐匿在绝对的黑暗之中。再过十五天，炮弹车厢将在何处？那几种引力会随意地将它引向何方？有谁能够说得清楚呀？

根据月面地理学的观察，一般来说，大家都认为月球那看不见的一面，按它的构成来说，是与看得见的那面绝对相同的。其实，在巴比·凯恩谈及的那些月球天平运动中，我们已经发现其大约七分之一了。可是，在我们隐约看到的那些纺锤形月面上，只是一些平原和山脉、环形山和火山，与月面图上已经绘制出来的一样。因此，我们可以预测两面的性质是相同的，都是一片干燥死寂的世界。不过，如果大气层都躲藏到那一面去了呢？如果有了空气，水就给这些再生大陆以生命呢？如果植物仍在上面生长着呢？如果动物遍布这些大陆和海洋呢？如果人在这些可生活的条件之下，一直生存着呢？有多少问题让人产生极大的兴趣去研究呀！我们从对这个半球的观测中能够得出多少答案啊！朝这个人类的肉眼从未看到过的世界看上一眼，那是多么赏心悦目，其乐无穷啊！

因此，不难想象这三位旅行者在这漆黑的夜里是多么懊丧。月盘上什么都看不见。只有空间的星座在引起他们的注意，而且必须承认，所有的天文学家，无论是法耶[1]们、夏科纳克们还是塞希们，都未曾在这么好的条件下观测过它们。

确实，这个沉浸在清澈的以太空间中的星星世界美妙绝伦，无与伦比。它们宛如一颗颗钻石镶嵌在苍穹上，闪闪发亮。从南极的十字星座到北极星，你可以一览无余，而这两个指示南北极的星座再过一万两千年，由于春分秋分的变化，将调换其角色，前者让位给南半球的卡诺皮斯星，后者则让位给北半球的维加星。旅行者们的思绪在这无尽的美妙环境中飘逸着，而人工制造的炮弹车厢像一颗人造星球似的在其中遨游。由于天然的作用，密度与湿度变化多端，致使星星闪烁不停。这些星星在这黑漆漆的夜空中，在这绝对的寂静中，仿佛一只只温馨的眼睛在看着你。

三位旅行者就是如此这般地、默然无语地、久久地看着这被月球圆圆的黑影遮盖住的半边天空上的满天星斗。但是，一种难以言表的痛苦终于打断了他们的静观与沉思。那是一股刺骨的严寒所致，只见舷窗内壁很快便结上了厚厚的一层冰。这是因为太阳光不再直射到炮弹车厢上，所以炮弹车厢便逐渐失去了聚集在内壁间的热量了。由阳光照射所产生的这种热量导致空间空气很快就都化作蒸汽。于是，当温度急剧地下降后，车厢内的湿气一接触到舷窗玻璃便结成了冰，没法观测了。

尼科尔看了看温度计，已经下降到零下十七摄氏度了。因此，无论有什么理由要节约煤气，巴比·凯恩也不得不除了在向煤气要灯光以外，也得向它要热力了。炮弹车厢内气温低得难以

---

1 法耶（1814—1902）：法国天文学家、气象学家。

忍受。不想办法的话，这三位旅行者可能会被活活地冻死。

"我们将不会埋怨我们的这趟旅行太单调乏味！"米歇尔·阿尔当说，"起码气温在千变万化啊！我们忽而被阳光照射得睁不开眼睛，像南美潘帕斯大草原上的印第安人一样饱受酷热之苦！忽而像北极的因纽特人（爱斯基摩人）一样陷于茫茫黑夜之中，忍受严寒的折磨！不，说实在的，我们没有理由来抱怨，再说，大自然确实是在眷顾我们的。"

"可是，"尼科尔问道，"外面的温度是多少呀？"

"与星际空间的温度完全相同。"巴比·凯恩回答道。

"这么说，"米歇尔·阿尔当又说道，"我们先前沐浴在阳光下，没有测一下温度，现在机会来了，正好测一测呢！"

"是呀，机不可失，时不再来，"巴比·凯恩赞同道，"因为我们现在所在的位置非常有利，正好测试一下星际空间的温度，看看傅立叶或者普耶的计算正确与否。"

"不管怎么说，反正是冷得很，"米歇尔说，"你们看一看炮弹车厢内的湿气全部凝结在舷窗上了。要是温度再继续下降一些的话，我们呼出来的冷气就会像雪花似的纷纷飘落呢！"

"咱们把温度计准备好。"巴比·凯恩说。

无须说，一支普通的温度计在这种情况下是测不出什么结果来的。管内的水银在零下四十二摄氏度就会冻结住了。不过，巴比·凯恩带来了一支沃尔费式的液流温度计，能够测到很低很低的温度。

测试前，先将这支温度计与普通温度计做了比较，然后，巴比·凯恩便着手测试了。

"我们怎么个测试法？"尼科尔问。

"这太容易了，"从不畏难的米歇尔·阿尔当说，"咱们迅速地打开舷窗，把温度计扔出去，它将紧紧地跟随着炮弹车厢前行，一刻钟之后，便将它收回来……"

"伸手去拿回来吗？"巴比·凯恩问。

"是呀，伸手去拿呀。"米歇尔回答道。

"哼，我的朋友，你可千万别这么干，"巴比·凯恩说，"你的手往外一伸，缩回来时就成了残肢了，因为外面那种冷实在是可怕极了。"

"真的呀！"

"你会感到一种可怕的灼烧痛，如同被一块烧红的铁烫了一下似的。因为热量突然从我们的肉体里散发出来，或者突然进入体内，都让人感到同样的疼痛。再说，我不能确定我们扔出舷窗外的东西会不会跟着我们的炮弹车厢一起运行。"

"为什么呢？"尼科尔问。

"因为，如果我们穿越一个大气层，无论它的密度是多么小，这些物体都会落在我们后面。再者，外面漆黑一片，我们也无法确定它们是否仍在我们旁边飘浮着。因此，为了不致让我们的温度计丢失，我们将拴牢它，这样就会较为容易地将它收回来。"

听从了巴比·凯恩的建议，尼科尔迅速打开舷窗，把用一根短绳拴着的温度计扔出了窗外，然后立刻便将它关上了。舷窗打开及关上仅仅一秒钟，但是，这一秒钟就足够让外面的酷寒的冷空气钻进炮弹车厢里面来了。

"真是见了鬼了！"米歇尔·阿尔当嚷嚷道，"简直冷得可以冻死一头北极熊了！"

巴比·凯恩等了半个小时，让温度计有足够的时间下降到外界空间的温度。半个小时以后，温度计便被飞快地收了进来。

　　巴比·凯恩计算了一下流入温度计下面的小球里的酒精数量之后，说道："零下一百四十摄氏度。"

　　普耶先生反对傅立叶是不无道理的。这就是星际空间的令人望而生畏的可怕温度，当月球失去太阳连续十四天照射后聚集的温度之后，月球的温度可能就是这么个温度！

第十五章

双曲线或抛物线

这个金属制物体将被带往以太空间,而巴比·凯恩和他的两个同伴却对这可能带来的后果漠不关心,我们不免感到颇为惊讶。他们不问自己这样一来会去到什么地方,而只是专心一意地去做一些试验,仿佛是平心静气地待在自己的实验室里忙碌着一样。

我们可以回答说,这几位心理素质极佳的人不会为这样的事情感到担忧,他们无所畏惧,他们心里想着其他的事情,而并不在意自己的命运如何。

事实上,他们也控制不了他们的炮弹车厢,他们既无法阻止它前进,也无法改变它的方向。一名水手可以随意地改变船的方向,一名热气球驾驶员可以控制他的气球或上或下,可是他们则不然。他们对自己的炮弹车厢毫无办法,无可奈何,只有听天由命,如同航海家所说的只好顺水漂流了。

地球上是12月6日这一天的上午,这一时刻,他们身在何处?可以很肯定地说,他们离月球很近,甚至非常近,看着月球在太空里像是一块黑漆漆的大幕布。至于他们与月球的距离,还无法估算,被一些无法解释的力量控制着的炮弹车厢,在不足五十公里的地方掠过月球的北极。但是，在它进入圆锥形阴影的两个小时之后，这一距离是加大了呢，还是缩小了？没有任何坐标可以估计它的方向或速度。也许它在飞快地驶离月球，像是马上就要越出那漆黑的一片。也许正好相反，它正在明显地靠近月球，有可能会很快撞上看不见的那半球上的某座高山。这样的话，这趟旅行便宣告终结，而旅行者们想必也就灰飞烟灭了。

这一问题引起了一番争论，而总是有说头的米歇尔·阿尔当发表了他的看法：炮弹车厢受到月球引力的控制，最后将会像陨石落在地球表面似的落在月球上。

"首先，我的伙伴，"巴比·凯恩回答他道，"并非所有的陨石都能够落在地球上。落在地球上的陨石数量其实极少。因此，即使我们会成为陨石的话，我们也不一定就会落在月球表面的。"

"可是，"米歇尔回答道，"要是我们非常靠近月球的话……"

"错！"巴比·凯恩很肯定地说，"你难道没有看到过在某些季节，有成千上万的流星划破天空吗？"

"看到过呀。"

"那好，这些流星，或者说这些小天体，只有在划过大气层因摩擦而产生热量的条件下才会发出亮光。不过，如果穿过大气层的话，它们至少是在离地球十六法里的地方划过。然而，即使如此，落在地球上的也是极少的。对于我们的炮弹车厢来说，也是如此。它可能非常靠近月球，却不会落在月球上。"

"那么，"米歇尔追问道，"我很好奇，很想知道我们飘浮着的炮弹车厢如何在太空存在下去呢？"

"我觉得只有两种可能性。"巴比·凯恩稍稍思考了一下回答道。

"哪两种可能性?"

"炮弹车厢将在两种数学曲线中做出选择,它将依据自己所具有的速度选择其中的一种,但此刻我还无法估计。"

"对,"尼科尔说,"它将沿着抛物线或双曲线运行。"

"确实,"巴比·凯恩回答道,"如果具有一定的速度,它将会沿着抛物线运行,而如果其速度更大的话,那它就会沿着双曲线运行。"

"抛物线和双曲线,这两个词太伟大了,"米歇尔·阿尔当大声嚷道,"我一下子就知道它们是什么意思了。不过,您说的那个抛物线到底是什么玩意儿呀?"

"我的朋友,"船长回答说,"抛物线是一条二次曲线,它是由一个与圆锥体的母线平行的平面切割圆锥体时所产生的曲线。"

"噢!噢!"米歇尔·阿尔当像是听明白了似的连连点头称是。

"它几乎与迫击炮发射的炮弹飞行路线差不多。"尼科尔又解释道。

"对,对,但双曲线呢?"米歇尔又问。

"米歇尔,双曲线也是一条二次曲线,它是由一个与圆锥体的轴线平行的平面切割圆锥体而形成的,曲线的两端向着两个方向无限延长,永不相交。"

"这可能吗?"米歇尔极其认真严肃地大声问道,仿佛听到一件极其严重的事情似的,"但你得记住,尼科尔船长,我感兴趣的是,你的双曲线的意义——我差点儿要说成是'双关语'了——比你所下定义的那个词还要晦涩难懂!"

尼科尔和巴比·凯恩没怎么理睬米歇尔的玩笑话。他们已经在一门心思地讨论一个科学问题了。炮弹车厢会沿着哪一条曲线运行?这是他们极其关心的。一个认为是沿着双曲线运行,另一个则说是沿着抛物线运行。他俩提出了一些理由,但都夹杂着一些未知数。他们讨论时所说的话,米歇尔听不太懂,所以他很恼火。争论颇为激烈,双方各执一词,各执一理,互不相让。

这场科学争论在延续着,最后,弄得米歇尔极不耐烦,于是,他便说道:"噢哟!我的大学者先生们,别再没完没了地争论什么抛物线或双曲线了,行不行呀?在这个问题上,我只想知道一件感兴趣的事。我们将沿着你们的曲线中的一条或另一条运行,那很好,可是,这两条曲线将把我们带往何方呀?"

"没有任何方向。"尼科尔回答道。

"什么,什么地方也去不了了!"

"没错,肯定如此,"巴比·凯恩说,"这是两条非闭合曲线,它们都将无限地延展下去!"

"啊!我的学者们呀!"米歇尔大声说道,"你们真是我最爱的人呀!哎!既然抛物线或双曲线都将把我们带往无限空间去,那我们还管它是抛物线还是双曲线干什么呀!"

巴比·凯恩和尼科尔听说,不禁哈哈地笑了起来。他们刚才真的是"为艺术而艺术"啊!在这种时刻讨论这样一个无聊的问题有什么意义呀!不幸的事实是,无论炮弹车厢是被抛物线还是被双曲线带走,它都再也无法与地球或月球相会了。

危险近在眼前,这三位勇敢无畏的旅行者的命运将会如何呢？如果说他们饿不死、渴不死的话，那么再过几天，当煤气用完了，即使不被冻死，他们也会因缺乏空气窒息而死的！

　　然而，即使必须考虑节省煤气的问题，但是周围温度的急剧下降也迫使他们要消耗一定量的煤气。严格说来，他们可以不用亮光，但却不能不增加温度。非常幸运的是，莱赛和雷格诺的装置也能够产生一些热力，可以提高一点炮弹车厢内的温度，而且用不着太耗费煤气，也能将温度保持在可承受的温度上。

　　可是，通过舷窗观测外面变得极其困难了。炮弹车厢内的湿气凝聚在舷窗玻璃上，立即结成了冰。必须不停地擦拭方能将玻璃上的冰霜弄掉。这样，他们仍可以观测到一些极其有趣的现象。

　　其实，如果这看不见的一面有大气层的话，我们不就能看到一些流星划破大气层了吗？如果炮弹车厢本身穿过大气层的话，我们不就可以从月球那儿捕捉到一点它的回声了吗？比如暴风雨的怒吼声、雪崩的轰鸣声，火山爆发的剧烈声响什么的。再有，如果有这么几座火山在喷发，火光四射，我们不就可以看到它们的闪光了吗？就这样的一些情况，经过我们仔细地分析研究，就完全可以弄清楚月球结构的那个晦涩难懂的问题了。因此，巴比·凯恩和尼科尔像天文学家一样待在舷窗前，极有耐心地在观测着。

　　但是，直到这之前，月球表面依然一片漆黑，寂然无声。它并没有回答这些热情似火、孜孜不倦的旅行者向它提出的那些问题。

　　这就引出米歇尔的那个看似较正确的论断："如果有一天我们再进行这样的旅行的话，我们一定得选在月亮呈新月状的时间前来。"

　　"那倒是，"尼科尔回应道，"这个时间段会更有利得多的。我觉得，我们这一路上，由于月球隐没在太阳光里无法看见，可我们却看见了浑圆的地球。再者，尽管我们像此时此刻这样，在引力的作用下，围绕着月球在运行，但是那样我们至少有幸能够看到地球上看不见的月球被阳光照射得金光闪闪的那一面！"

"说得好，尼科尔，"米歇尔·阿尔当称赞道，"巴比·凯恩，你是怎么想的？"

"我是这么想的，"严肃认真的俱乐部主席回答道，"如果有这么一天，我们真的再进行这样的一个旅行的话，我们将仍然在同一时段和同样的条件下出发。假如我们到达了目的地，那我们在月球可见的一面找到一些大陆，岂不比落在深陷黑夜中的那一面更好吗？我们最初的营地不就会安置在比较好的条件下了吗？没错，肯定如此。至于那看不见的一面，我们在月球上做探索式的旅行时也可以看到它。因此，我们事先选择的满月的那个时段还是选得对的。不过，我们必须得到达目的地才行，而为了到达目的地，我们不应该偏离自己的路线。"

"这一点，肯定是应该的，"米歇尔·阿尔当说道，"可是，我们却失去了一次观测月球另一面的大好机会！关于行星的卫星问题，谁能说得清其他星球上的居民就不如地球上的学者们更加高明呢。"

对于米歇尔·阿尔当所指出的这一点，我们很容易就能做出如下的回答：没错，其他的一些卫星因为离月球很近，所以研究起它们来就容易得多。土星、木星、天王星上如果有居民的话，他们可能与它们的各自的"月亮"建立起联系来会更加容易一些的。环绕木星运行的那四颗卫星的距离分别为十万八千两百六十法里、十七万两千两百法里、二十七万四千七百法里和四十八万零一百三十法里。但是，它们的距离是从木星的中心计算的，如果减去木星的半径一万七千法里到一万八千法里的话，我们就会发现第一颗卫星离木星表面并没有月球离地球表面那么远。在土星的那八个"月亮"中，有四个都比较接近土星；"狄安娜"离土星八万四千六百法里，"泰蒂斯"离土星六万两千九百七十法里；"昂赛拉德"离土星四万八千一百九十一法里；最后"米马斯"离土星的平均距离只有三万四千五百法里。天王星的八颗卫星中的第一颗名为"阿里埃尔"，与天王星的距离只有五万一千五百二十法里。

因此，如果在这三颗星球上进行一次类似于巴比·凯恩主席这样的试验的话，困难就会小得多。如果这些星球的居民们敢于冒险的话，那么，他们也许就已经了解了在行星上永远看不到的卫星的另一面的结构了。但是，如果他们从未离开过他们的星球的话，他们就不会比地球上的天文学家们更高明。

此时此刻，炮弹车厢在一片黑暗之中运行的轨道无法计算，因为没有任何的方位标。它的运行方向是不是受到月球的引力或者受到一颗不明星球的干扰？巴比·凯恩对此无法解答。但是炮弹车厢的相对位置已经出现了变化，这一点，巴比·凯恩在凌晨四点左右就发现了。

这个变化在于，炮弹车厢的底部已经转向了月球表面，并保持着垂直的状态。这一变化由引力，也就是重力引起的。炮弹车厢最重的部分向着看不见的那面月面倾斜，似乎眼看就要向它降落了。

它会降落吗？旅行者们最后能够到达他们朝思暮想的那个目

的地吗？不能。巴比·凯恩通过对一个说不清的方位标进行观察后发现，他的炮弹车厢靠近不了月球，它是沿着差不多是月球的同心圆的一条曲线在移动。

这个方位标是尼科尔突然间在由黑夜构成的月球边缘线上发现的一个亮点。它不可能同星星混在一起，它一点点地在变大，毋庸置疑，这表明炮弹车厢正在朝着它而去，在正常情况下是不可能落在月球表面上的。

"是火山！是一座活火山！"尼科尔大声叫喊着，"月球的地火在喷发！这个世界尚未完全熄灭。"

"没错！是火山喷发！"巴比·凯恩用他那夜间可用的望远镜仔细地观察分析之后说道，"若不是火山，还能是什么呀？"

"可是，要继续燃烧的话，那得有空气才行呀。这么说，月球的这一部分一定有大气层包裹着。"

"也许吧，"巴比·凯恩回答道，"但不一定。火山同某些物质的分解就可以自己向自己供氧，并因此而将火焰喷向真空。我甚至认为，从它燃烧的剧烈程度和亮度来看，这可能是某些物质在纯氧中燃烧所致。所以我们先别急着下结论，说月球有一个大气层存在着。"

这座火山的位置大致在月球看不见的那一面的南纬四十五度。但是，让巴比·凯恩大失所望的是，炮弹车厢移动的曲线轨道离所看到的火山喷火口很远。因此，他无法确定喷射物的性质。发现这个亮光点半个小时之后，它便消失在黑暗的月球边缘下面了。不过，发现这一现象应该是月面学研究的一件大事。它证明月球内部的热力并未消失殆尽，而但凡有热量存在的地方，有谁能够肯定地说植物界、动物界不是直到现在为止还在同大自然的毁灭力量进行着抗争呢？地球上的学者们无可辩驳地认定，这个火山的存在无疑会对月球可居性这一重大观点提供许多有力的论据。

巴比·凯恩陷入沉思之中。他忘我地沉浸在对月球世界神秘命运的幻想中。他在努力地想着将他直到此时此刻之前所观测到的事实联系起来，但是，突然间，一个新的意外把他拉回到现实中来了。

这一意外事件不只是一个宇宙现象，而且还是一个后果会很严重的极端危险事件。

突然间，在以太空间的中心，在那片深沉的漆黑之中，出现了一个巨大的东西。它好像是一轮月亮，一个极其明亮的月亮，在宇宙空间那无垠黑暗之中，闪亮得让人睁不开眼。这个物体是圆形的，放射出强烈的光芒，把炮弹车厢里照得通亮。巴比·凯恩、尼科尔、米歇尔·阿尔当的面孔在这白色的强光照射下，显得怪模怪样，脸色铁青苍白、发绿，犹如物理学家们用掺了盐的酒精点燃发出的幽光所产生的一个幽灵。

"真见鬼！"米歇尔·阿尔当嚷叫道，"我们好丑陋啊！这个该死的月球在搞什么呀？"

"是一颗火流星。"巴比·凯恩说。

"是在真空中燃烧的火流星？"

"是的。"

这个火球确实是一颗火流星。巴比·凯恩没有说错。如果说，从地球上观测这些宇宙的流星的话，一般来说，它们是没有月亮那么亮的，可是，在这儿，在黑漆漆的以太空间里，它们却是光芒四射的。这些遨游在太空中的天体本身就拥有使它们燃烧到热化的材料。

它们的燃烧无须借助周围的空气。的确如此，如果说有某些火流星在离地球两三法里处穿越大气层的话，那么其他的那些火流星则完全相反，它们划出的轨道是在大气层所延伸不到的地方。像这样的火流星，一个曾在1844年10月27日于离地球一百二十八法里的高空出现过，另外的一个出现在1841年8月18日，在一百八十二法里的高空消逝了。这些火流星中有这么几个直径有三四公里，其速度可高达每秒七十五公里[1]，但其运行方向则与地球相反。

突然出现在至少一百法里远的黑暗高空中的这颗流星，据巴比·凯恩估计，它的直径大概得有两千米。它在以每秒大约两公里的速度运行，也就是每分钟三十法里的速度。它切断了炮弹车厢的道路，几分钟之后便会与之相遇。它越来越近，变得也更加奇大无比。

如果我们也能做一次这样的旅行的话，我们可以想象一下，我们的这三位旅行者目前的处境如何。尽管他们英勇无畏、沉着冷静、临危不惧，但是，此时此刻，他们仍然是张口结舌、一动不动、全身颤抖，茫然不知所措。他们已经无法控制的那个炮弹车厢径直地冲向那个比反射炉的炉口都更加灼热无比的庞然大物，仿佛是向火海冲去一样。

巴比·凯恩抓住了他的两个同伴的手，三个人眯缝着眼看着那个燃烧着的小行星。如果他们的思维还没被破坏的话，如果他们的脑子在这种恐惧之中仍然活动的话，那他们肯定认为自己完

---

1 地球沿着黄道运行的平均速度只是每秒30公里。——作者原注

蛋了！

　　他们在这颗火流星出现后的两分钟，简直就像是过了难熬的两个世纪一般！就在炮弹车厢正要撞上去的时候，火球突然像一枚炸弹似的爆炸了。但是没有发出一点声音，因为声音不过是空气的振动，而这里是一片真空，自然就不可能有声音了。

　　尼科尔大喊了一声。他的两个同伴和他一起扑向舷窗。多么美丽的景色啊！什么样的笔触能够描绘出这一场景？什么样的调色板能有那么多的颜色来绘出这壮观的景象？

　　它像火山口喷发出的四射光芒，它像火灾现场那冲天火光。数不清的、光亮亮的碎片照亮了天空。各种大小不一、颜色各异的碎块全都汇聚在天空中，五彩缤纷，流光溢彩。这是红、橙、黄、绿、灰等各种颜色组成的一个熊熊燃烧着的大火圈。原先那个巨大而可怕的球体，现在只剩下些碎片，向四处迸射而去，也像一个个小小的行星那样，或似一柄长剑，或被一层白雾围着，还有的则在其后拖着长长的明亮耀眼的宇宙尘埃的尾巴。

　　这些白花花的石块彼此交叉，互撞，粉碎成更小的碎块，其中有几块还撞上了炮弹车厢。炮弹车厢的左舷窗甚至被猛烈地击中一下，裂了一条裂纹出来。炮弹车厢仿佛飘浮在枪林弹雨之中，其中最小的都可以一下子把炮弹车厢击得粉碎。

　　溢满以太空间的光线越来越强烈，因为那些小行星满布在空间，四面八方无处不在。有一会儿工夫，天空如此亮晶晶，米歇尔便把巴比·凯恩和尼科尔拉到他的舷窗前，大声嚷道："那看不见的月球，终于露面了！"

　　这三位旅行者透过这种发光的介质，朝那个神秘的星球瞥了几秒钟，这是人类第一次用肉眼看到月亮的背面。

他们在这么遥远的距离分辨出了什么？他们看到了月球上的几条长长的地带，看到一些在稀薄的大气层中形成的一些真正的云。透过那云层，所有的山峦以及那些小的突出物全都显现出来了，有环形山，有大开洞口、奇形怪状的火山，和看得见的那面月盘上的一模一样。随后，又看见广袤的空旷之地，并非贫瘠的平原，而是真正的大海和辽阔的大洋，它们像一面面镜子将天空中的各种各样奇幻般的耀眼亮光映在其上。最后，在大陆的月面上，有一些很大的黑斑，如同在闪电迅速照射下看到的一片片无边无际的森林……

　　是幻觉？是眼睛看花了？还是骗人的光学现象？他们能否就这匆匆一瞥所获得的信息给出一种科学的肯定？他们敢不敢只是对看不见的那一面月盘浮光掠影地一瞥，就说出"月球上是可以居住的"这个论断？

　　这时候，宇宙间的那似闪电般的亮光逐渐变弱了。那些小星星在四散奔逃，前后隐没在遥远的地方。以太空间又落入墨黑的黑暗之中，刚才隐匿不见了一会儿的星辰重又闪耀在空间，隐约可见的月盘又重新沉入厚重的黑幕之中。

第十六章

南半球

炮弹车厢刚刚逃过一劫，那是一个可怕而又无法预料的危险。谁能想到会同火流星有这样的一种际会？这些飘浮在太空中的星体可能会给三位旅行者造成极大的危险。对他们来说，它们好似这茫茫大海中遍布的暗礁，但是他们比航海家们更加不幸，因为他们无处可躲。但是，这几位太空的冒险者，他们在抱怨吗？没有。因为大自然使得这颗流星突然惊人地爆炸开来，让他们一饱眼福，得以观赏到这个灿烂辉煌的奇观异景，因为这场无与伦比的烟火连鲁格杰里[1]都做不出来，它在几秒钟内照出了月球那个看不见的清晰亮堂的光环。在这一闪而过的明亮景象中，三位旅行者得以观看到月球上的大陆、海洋和森林。大气层是否会给月球的不可知的一面带去有生命的分子呢？这些问题仍然没有解决，它们永远摆在人类的面前，激起人们极大的兴趣！

此刻正是午后三点半。炮弹车厢正沿着它的曲线轨道围绕着月球运行。它的运行轨道是否因为受到火流星爆炸的影响而又

---

1 鲁格杰里：意大利佛罗伦萨的天文学家，卒于1615年。

一次被改变呢？大家可能对此有所担心。不过，炮弹车厢应该是沿着机械学规律所确定的曲线运行的。巴比·凯恩倾向于认为这条曲线可能是一条抛物线，而非双曲线。但是，如果是抛物线的话，炮弹车厢就应该较快地移出在太阳对面的空间里所投下的圆锥形阴影。其实，这个圆锥形阴影很狭小，因为与太阳的直径相比较，月球的夹角的直径是非常小的。可是，到目前为止，炮弹车厢仍旧在这个深沉的黑影里飘移着。无论其速度是快还是慢——不过，它的速度慢不了——它依然待在那个阴影之中。这一点是明摆着的。不过，如果运行轨迹是一个货真价实的抛物线的话，它也许就不会出现这样的一种现象了。这是个新的问题，它把巴比·凯恩弄得头昏脑涨，他真的是被困在一大堆的未知数中，无法摆脱出来。

三位旅行者没有想到要休息片刻，全都全神贯注地在试图捕捉一种新的微光可能带给有利于天体图学研究的某种意想不到的情况。将近傍晚五点钟，米歇尔·阿尔当分发了几片面包和一点冷冻肉作为晚餐，几个人匆匆便将食物吞下肚去，谁都没有离开各自的舷窗，而舷窗上的水汽在不停地凝结成霜花。

傍晚五点四十五分左右，尼科尔透过望远镜看到了月球南部边缘，而炮弹车厢运行的前方，有几个亮晶晶的点，在黑色天幕上闪闪发光。也许是连绵的峻峭山峰宛如一条抖动不停的闪光线浮现在天边。它们非常亮，如同月球处在八分之一相位上时，月盘边缘出现的一条线似的。

"我们不会弄错的，那不是一颗普通的火流星，因为这发光的山脊既无火流星的颜色，也无那种流动性。它更不会是一座火山，因此，"巴比·凯恩断定，"是太阳！"

"什么！是太阳！"尼科尔和米歇尔·阿尔当同声大叫道。

"是的，朋友们，正是太阳，它正照耀着月球南边的那些山脉的高峰哩。很显然，我们已在靠近月球南极！"

"我们越过北极之后，"米歇尔说，"一下子就绕着月球兜了一圈了！"

"是的，我正直的米歇尔。"

"这么说，我们就无须提出什么双曲线呀，抛物线呀或其他什么非闭合线了！"

"不是非闭合线，而是一条闭合曲线。"

"什么线？"

"椭圆形线。我们的炮弹车厢不会消失在星际空间了，而是有可能沿着一个椭圆形轨道环绕月球运行。"

"没错儿！"

"而且，它将成为月球的卫星。"

"月亮的月亮！"米歇尔·阿尔当大声嚷嚷道。

"不过，我得提醒一下，我可敬的朋友，"巴比·凯恩说道，"尽管如此，我们仍然会完蛋的！"

"是呀，不过，是另一种死法，而且是极其有趣的死法！"无忧无虑的法国人带着极可爱的笑容回答道。

巴比·凯恩的看法是正确的，炮弹车厢在沿着椭圆形轨道前行时，必定会成为一颗小小的卫星，环绕月球运行。它将是太阳系中新增加的一个小星球，它是一个只有三个居民的微型世界，而这三个居民很快便会因缺氧而窒息身亡。巴比·凯恩当然不会因向心力和离心力同时给炮弹车厢带来难逃的命运而感到开心。他同他的两位伙伴将再次见到月球那明亮的一面。也许他们还能维持一段时间，还能最后看上一眼那个被太阳照射得金光闪亮的地球！随即，他们的炮弹车厢将只是一个熄灭了的、没有生命气息的物体，如同那些在以太空间里运行着的了无生气的小行星一样。对于他们来说，尚存的唯一的安慰便是最后终于脱离了这片深沉的黑暗，重见光明，回到了沐浴在阳光下的太阳辐射区域中。

这时候，巴比·凯恩辨认出的那些山峦从黑暗之中慢慢地呈现出来。这就是耸立在月球南极地区的多菲尔山和莱布尼茨山。

可看见的那个半球上的所有的高山全都被精确地测量完。我们对这种完美无缺的测量工作感到惊奇不已，而且，对这些山脉的高度的测量是极其严谨的。我们甚至断定，月球上山脉的高度与地球上山脉的高度的测量是同样准确无误的。

最通常的做法是根据当时太阳的高度来测定山脉阴影的长度。但借助一个镜头上有着两条平行线的十字丝[1]的望远镜，也可以很容易地进行这种测量。这种方法还可以用来测量月球火山口和洞穴的深度。伽利略就曾使用过这种方法，而且，后来比尔先生和马德莱尔先生也这么做过，取得了极大的成就。

另外一种方法被称为"正切线测定法"，也可以用来测量月球上的山脉。当月球的高山在明暗界线以外的黑暗部分形成发光点的时候，便可以采用这一方法。照射着这些发光点的太阳光线比明暗分界线的太阳光线角度更高。因此，发光点和月相明暗分界线上最近的一点间的黑暗的距离正是发光点的高度。但是，我们知道，这种测量方法只能适用于明暗界线附近的高山峻岭。

第三种方法是使用装有测微器的望远镜来测量映在天空背景

---

1 十字丝：为确定望远镜视线方向，在光学系统焦面上特制的固定标记（呈十字形）。

上的月球高山的侧影，不过，这种方法只适用于靠近月球边缘的高山。

在任何情况下，我们都将会发现，这种测量阴影、测量黑暗的距离或者测量侧影的方法，对于观测者而言，只能是在太阳光斜射在月球上时才能进行。而当太阳光直射在月球上时，也就是说，满月的时候，所有的阴影全都消失，当然也就无法测量了。

伽利略在认识到月球山脉的存在之后，首次使用了这种阴影方法来测量它们的高度。正如我们已经说过的那样，他确定这些山脉的平均高度为四千五百托瓦兹[1]。海韦留斯认为大大低于这一高度。可是，里奇奥列则认为要将这一高度翻上一番。他俩的数字相差甚远，未免有点夸张。赫歇尔拥有一些很完善的仪器，所以他所测定的高度比较接近实际的高度。但是，说到底，仍旧必须到当代观察家们的报告中去寻找。全世界最杰出的月面学家比尔先生和马德莱尔先生测量过一千零九十五座山脉。根据他俩的测算，这些山脉中有六个的高度超过五千八百米，有二十二个高达四千八百米。月球上的最高的那个山脉高达七千六百零三米。不过，它低于地球上的那些高山峻岭，其中有几座山峰比月球上的那座最高峰要高五六百托瓦兹。但我们必须指出，如果将地球与月球的体积做一比较的话，那么月球山脉相对而言要比地球的最高峰更高一些。因为前者高度是月球直径的四百七十分之一，而后者高度则只是地球直径的一千四百四十分之一。如果让一座地球山脉达到一座月球山脉的相对比例的话，那么，它的垂直高度就得高达六法里半。可是，地球上的最高的山也高不过九公里。

---

1 托瓦兹：法国旧长度单位，相当于1.949米。

因此，我们可以做一比较，喜马拉雅山脉有三座高峰比月球上的高峰还要高：珠穆朗玛峰高达八千八百三十七米，干城章嘉峰高达八千五百八十八米，道拉吉里峰高达八千一百八十七米。月球上的多费尔峰和莱布尼茨峰的高度与同一条山脉的杰瓦西尔峰的高度为七千六百零三米。高加索山脉和亚平宁山脉的那几座主峰——牛顿峰、卡萨图斯峰、居尔蒂乌斯峰、雪特峰、蒂索峰、克拉维乌斯峰、布朗卡努斯峰、厄狄米翁峰——都要高于四千八百一十米的勃朗峰；与勃朗峰同样高度的有：莫莱特峰、泰奥菲勒峰和卡塔尼亚峰；与罗斯峰这座四千六百三十六米高的山峰同样高的有：皮科罗莱尼峰、维尔纳峰和阿尔帕鲁斯峰；与四千五百二十二米高的基尔文峰相似的有：马克罗伯峰、埃拉托斯泰纳峰、阿尔巴泰克峰、德朗布尔峰；与高三千七百一十米的泰内里费峰相同高度的有：巴孔峰、西萨图斯峰、菲托洛斯峰以及阿尔卑斯山峰的那几座高峰；与比利牛斯山脉中高达三千三百五十一米的贝尔杜峰高度相近的有：罗厄梅峰和波古斯洛斯基峰；与高三千两百三十七米高的埃特纳峰相同高度的有：埃尔古峰、阿特拉斯峰和富尔内里乌斯峰。

以上便是可以比较月球山脉高度的参照物。而炮弹车厢正是被这条轨道引向这片南半球的山岳地区，那儿耸立着月球山岳形态上最壮美的样品。

第十七章

蒂索峰

傍晚六点，炮弹车厢在离月球不到六十公里处经过南极，与经过北极时的距离相等。因此，其轨迹的椭圆形曲线明显地显现出来。

此时此刻，三位旅行者又回到阳光普照的温暖环境之中。他们又看见了那些星星缓慢地从东往西移动着。三位旅行者不由自主地向太阳欢呼。太阳用它那温暖的日光把热力送到炮弹车厢内。舷窗又变得清晰透明了。玻璃上的冰层像魔法似的全部融化掉了。为了节约煤气，他们立即将它关掉。只有制氧装置在消耗它平时所需要的煤气量。

"啊！"尼科尔说，"这暖洋洋的阳光真好啊！月球人经过一个漫漫长夜，焦急地盼望着的太阳又出现了！"

"是呀，"米歇尔·阿尔当可以说是猛吸了一口光亮的以太，然后说道，"有光明与温暖在，生命就无虑了！"

此时此刻，炮弹车厢的底部开始微微地偏离月球表面，沿着一条相对平直一些的椭圆形轨道运行着。在这个点上，如果地球呈"满月"状的话，巴比·凯恩同他的两个同伴就可以再见到它了。但是，它在太阳光的照射下，隐没不见了，根本无法看到它。不过，另有一个景象吸引住了他们的眼球，那就是被望远镜拉近到八分之一法里的月球南部地区所呈现的景象。他们于是便不再离开舷窗一步，并记录这片奇异的大陆的详细的情况。

多菲尔峰和莱布尼茨峰分别形成两组高山群，几乎一直延伸到月球的南极。第一组高山群自南极一直延伸至月球东部纬度八十四度；第二组则位于东部边缘的纬度六十五度并延伸至南极。

在它们奇形怪状的山脊上，有一些金光闪闪的光幕，如同塞希神父提到的那些光幕。巴比·凯恩怀着比这位著名的罗马天文学家更加有把握的心情摸清了它们的性质。

"那是一片雪域！"他大声地说道。

"雪域？"尼科尔惊喜地重复道。

"是的，尼科尔，是一片雪域，都冻住了。你们瞧，它反射出的光是多么耀眼啊！冷却了的熔岩不可能反射出如此强烈的光的。因此，那上面有水，而且有空气。也许没有我们所希望的那么多，但是有水有空气是确凿无疑的！"

是的，这无须怀疑！如果有一天，巴比·凯恩重返地球的话，他的这些记录将证明对月面观察的重要材料是真实的。

多菲尔峰和莱布尼茨峰高耸在一片平原中间，该平原的面积并不算大，被绵延不绝的环形山和环形壁垒包围着的这两座山峰是相会在这环形山地区唯一的两座山。相对而言，它们并不陡峭，只不过是在这儿那儿留下了几座尖峰，最高的那座高达七千六百零三米。

但是，炮弹车厢在上方俯瞰着所有的一切，而高低起伏的山势隐没在这金光耀眼的光亮之中。显现在这三位旅行者眼前的是那种古老的月球景色，单调划一，颜色只有两种，或白或黑，没有浓淡变化，因为月球上的光线无法扩散。但是，这个单调枯燥的世界仍旧以它那奇特异样而吸引住他们三人的眼球。他们好似被狂风吹拂着，在这片混沌不开的地区漫游着，一边观赏着那一座座高山峻岭在他们的脚下退去，一边用他们自己的目光，或窥探着月球坑洞，或下到沟槽，或攀上壁垒，或探究那些神秘的洞穴，或窥视那一条条的裂隙。然而，他们却没有发现一丝植物痕迹，没有发现任何城市存在的迹象。有的只是一片片的地质层，一股股涌出的熔岩和一道道如大镜子一样反射着难以忍受的阳光的光滑的喷岩。这是一个毫无生命存在的世界，是一个死寂的世界。在这里，雪崩自山顶滚滚而下，无声无息地消失在深渊底部。运动倒是存在，但是却了无声响。

巴比·凯恩通过反复地观察，发现月盘边缘尽管为各种不同的力所左右，但它的山岳形态依然同中央地区的相同——同样的环状堆集，同样的地表突起。不过，我们可能会想，它们的地势应该不是这样的。的确，在中央部分，尚处于可延压时期的月球外壳受到月球和地球的双重引力拉扯，它们沿着月球和地球半径的延长线朝着相反方向对它进行影响。相反，在月盘的边缘，月球的引力可以说是垂直于地球的引力的。似乎这两种条件之下所产生的地面的突起本该是形状各异的，但是，事实并非如此。月球的形成及其结构有其自身的规则，它并没有受到外部力量的任何影响。这也就证实了阿拉戈[1]的那个著名论断"月球的地势起伏并未受到外部影响"是正确的。

---

1 阿拉戈（1786—1853）：法国天文学家。

不管怎么说，这个月球世界的目前状况就是一个死寂的世界，没有人敢说它曾经存在过生命。

然而，米歇尔·阿尔当却认为自己认出了一堆废墟，并指给巴比·凯恩看。这堆废墟位于纬度八十度和经度三十度附近，是一堆石头，布局规整，像是一座城堡，位于原本是史前时期的河床的沟槽上。离它不远的地方，便是那座高达五千六百四十六米的与高加索山同样高的雪特山。米歇尔·阿尔当以他那惯常的执着精神坚持认为那"明显"是一座城堡。他又在它的下方隐隐约约地看到一座城市的拆毁了的城墙。这儿那儿，或是廊柱的一个依然完好的拱形建筑，或是两三个倒卧在基石上的圆柱；稍远处，有一连串的可能是支撑渠道管道的拱腹；在其他地方，还有几个架在沟槽深处的倒塌了的桥墩。他辨认出了这一切，但是，他只是在凭借自己的目光猜想，那目光只是一个想入非非的"望远镜"，所以他的观察是不足为信的。不过，有谁能够证明，有谁敢说这个可爱的米歇尔·阿尔当没有真正看到他的两位同伴不想看到的那个情况呢？

时间太宝贵了，不能浪费时间去讨论这个问题。无论月球城是真是假，它也早就消失在远处了。炮弹车厢与月球的距离在逐渐增大，月球表面的地势起伏也渐渐模糊不清了。只有那些高山、环形山、火山口、平原仍然清晰地显现着。

此刻，左边，月球山岳形态学中一座最美丽的环形山，也是这个大陆上的一个奇观出现了，那是巴比·凯恩根据月面图一眼便认出的牛顿山。

牛顿山精确的位置在南纬七十七度和东经十六度。它构成一个圆形的火山口，其峭壁高达七千两百六十四米，似乎无法逾越。

巴比·凯恩提醒他的两位同伴注意观察这座高耸的山，它耸立在周围的平原上，与火山口的深度并不相等。这个巨大的洞穴深不可测，形成一个黑乎乎的深渊，阳光永远照不到它的底部。据汉勃尔德的说法，那是一个绝对的黑暗王国，无论太阳的光线还是地球的光线都无法穿透它。神话学家们不无道理地称它为"地狱入口"。

　　"牛顿山是那些环形山中最典型的环形山，"巴比·凯恩说，"地球上找不到这样的环形山。它们证明月球因逐渐冷却而形成，那是多亏了一些激烈的原因，因为在地下火的推动下，山的高度在大幅度地增高。这样一来，洞底便在下沉，比月球表面要低得多得多。"

　　"我同意这一看法。"米歇尔·阿尔当说。

　　越过牛顿山几分钟之后，炮弹车厢直接到达莫莱特环形山上方。它远远地沿着布朗卡努斯山峰前行，将近晚上七点半钟时，它便到了克拉维乌斯环形山。

　　这座环形山是月球上最了不起的山中的一座，位于南纬五十八度、东经十五度。它的高度估计有七千零九十一米。三位旅行者距离它有四百公里，在望远镜下只有四公里，他们可以仔细地欣赏这个巨大的火山口的全貌。

　　"地球上的火山，"巴比·凯恩说，"与月球上的火山相比，那简直是小巫见大巫了。我们测量威苏维火山和埃特纳火山最新的几次喷发所形成的最古老的火山口，被确定为只有六公里宽。法国的康塔尔环形山为十公里宽，锡兰的岛上环形山为七十公里，并被认为是地球上最大的环形山。与我们此刻凌驾其上的克拉维乌斯环形山的直径相比，简直不值一提！"

"那它有多宽呀？"

"宽达两百二十七公里，"巴比·凯恩回答道，"它确确实实是月球上最大的环形山，不过，还有好多环形山的宽度达两百公里、一百五十公里、一百公里等！"

"啊！朋友们，"米歇尔大声嚷嚷道，"你们想想看，当这个静默的黑暗星球上的那些火山口发出轰鸣声时，它们喷发出的激流般的熔岩、冰雹似的石头、滚滚的浓雾和炎炎的烈火该是多么惊天动地啊！那景色是多么神奇！可是现在，这个月球怎么就悄无声息了呀！它变成了遗骸残迹，如同爆竹、钻天猴、火蛇、太阳灯等，灿烂一下，立刻便变成碎纸屑了！谁能说出这些灾难性的巨变的前因后果来呢？"

巴比·凯恩没有听米歇尔·阿尔当的这番唠叨。他在凝视着克拉维乌斯山那厚达好几法里的峭壁。在那巨大无边的洞穴底部，有一百来个已经熄灭了的小火山口，宛如一柄漏勺，由一圈五千米高的峭壁拱抱着。

四周是一片荒凉的平原。没有比这些山体更加贫瘠的了，没有什么比这些火山废墟更苍凉的了。我们不得不说，这些峭壁和高山的残骸全都壅塞在月球表面了！地球的这颗卫星似乎曾在这儿发生过爆炸。

炮弹车厢一直在往前行进，而月球上的这番乱象也始终未变。环形山、火山口、崩塌的火山连绵不断，没有平原，没有大海，仿佛没完没了的瑞士和挪威的更替不断。最后，在这片龟裂的地区中央，在那最高的地方，月球上的那座最壮美的山——那座闪光耀眼的蒂索峰出现了，我们的子孙后代将永远铭记这位著名的丹麦文学家的大名。

在满月时分，在万里无云的天空中，人人都会注意南半球上的那个发光点。米歇尔·阿尔当为了形容它，不惜动用其全部想象力。在他看来，这个蒂索峰就像是一个炽烈的发光源，一个辐射中心，一个喷射光线的火山口！它是一个发光的轮毂，一个以它那银色触须紧紧地箍住月盘的海星，一只金睛火眼，普路托[1]头上的一个光环！仿佛是造物主拿起一颗星星向月亮扔过去，星星立刻成了齑粉！

蒂索峰形成一个极其明亮的光源，连地球上的居民们都无需望远镜，用肉眼就能看得见，尽管他们与它相距十万法里。那儿，在离它仅有一百五十法里的这几位观测者眼里，它的光线的强度就不言而喻了！透过那纯净的以太空间，它的亮光强得让人眼睛都睁不开，巴比·凯恩及其两位同伴只好用煤气灯将他们的眼镜片熏黑，才能眯着眼睛看到它。他们随即默然无语地观看着，凝视着，只是偶尔发出几句赞叹声。他们所有的感情、所有的印象全都集中在他们的目光中，如同生命受到深邃的感动一般，全都集中到心坎里了。

蒂索峰如同阿里斯塔克山和哥白尼山一样，属于发光山脉系列。但是，它却是所有这类山脉中最完美的、最顶尖的一个，它的确证明月球的形成是多亏了这可怕的火山活动。

蒂索峰位于南纬四十三度、东经十二度，中心是一个宽八十七公里的火山口。它略微呈椭圆形，四周环绕着环形壁垒，东边与西边高出外面的平原有五千米。这是一个勃朗峰群，围绕着一个共同的中心，并且像被一头金光闪闪的秀发笼罩着。

---

1 普路托：希腊神话中冥王哈德斯的别名。

这个无与伦比的大山群是由许多的山岳汇聚而成的，火山口有许多的赘生物，这一切至今都没有被拍摄到过。确实，每当满月时节，蒂索峰便大放光彩，独傲群雄。而这时候，蒂索峰不见阴影，各个角度的线条全都消失不见，拍出来的照片全都是白花花的一片，见不到影像。这种情况确实让人沮丧，因为这个奇特的地区本应让人精确地拍摄下来才是。这只是一些洞穴、火山口、环形山、重叠交错的山峦的集大成者，极目望去如同被抛弃在这个脓包似的土地上的一个火山网。我们明白，火山喷发出来的岩浆仍然保留着它们原来的形状。由于冷却凝结，它们便留下了这个从前月球在普路托的魔力影响下所形成的这副容貌。

　　旅行者们与蒂索的环形峰的距离并不算远，因此他们得以观测环形山的主要地形地貌。众多的山脉自蒂索环形山开始，沿里外两面斜坡蔓延开去，山山相连，宛如一个硕大无朋的大平台。西边的山峰比东边的看上去要高三四百英尺。地球上没有任何安营扎寨技术可与这种天然堡垒相媲美。一座建造在环形洞穴中的城市是绝对攻不破的。

　　这是一座攻不破的而且山峦起伏、风光无限的城市！大自然确实没有让这个火山口底部成为一个平淡无奇、空洞无物的地方。它的山峦自成一统，宛如一个世外桃源。旅行者们清晰地看到圆锥状山，中央丘陵，地势起伏，自然排列，仿佛是在月球上造就的一个杰作。那儿是一个神殿广场，那儿是建造宫殿的地基，这儿是一座城堡的高台。这一切拱抱着一座高一千五百英尺的中央山峰。如果在这儿建造古罗马城的话，那它可能还要大上十倍！

　　"啊！"米歇尔·阿尔当看到如此美景，不禁兴奋不已地喊叫着，"在这个群山环绕的地方，可以建造一座多么雄伟的城市啊！那将是一座平静安宁的城市，一个摆脱人间苦难的宁静的庇护所！所有的愤世嫉俗者，所有的仇恨人类的人，所有厌恶社会的人，都能在这里与世无争地平静安逸地生活着！"

"所有的人！那这地方就容不下了！"巴比·凯恩这么反驳了一句。

第十八章

严重的问题

这时候，炮弹车厢正在越过蒂索山的环形峭壁。于是，巴比·凯恩和他的两个朋友便全神贯注地观察那著名的环形山极其奇特地向四面八方散发出的那些亮光的山的线条。

这个发光的光环是什么呀？是什么地质现象画出来这浓密的发光秀发呀？这个问题理所当然地萦绕在巴比·凯恩的脑海之中。

确实，在他目光所及，他看到了这些向四面八方伸展开去的两边高中间凹的发光沟槽，其中有的有二十公里宽，有的竟然有五十公里宽。这些发光线条有的甚至一直延伸至离蒂索峰三百法里的地方，尤其是朝向东部、东北部和北部的，似乎遮挡住南半球的一半了。其中有这么一条，竟然延伸到位于南纬四十度的尼昂德尔环形山。另外还有一条，越变越粗大，一直越过"酒海"，经过四百法里的路程，到达比利牛斯山。还有几条伸往西边，形成光帘，包裹住"云海"和"幽默海"。

所有这些发光的线条，不但出现在平原上，而且也同样出现在不论多么高的高山上。它们到底是如何形成的呢？它们全都是从一个共同的中心——蒂索火山口——发出的。它们都是从它那儿被射出去的。天文学家赫歇尔认为它们的发光现象是因冷却后的古熔岩流所致，但他的观点并未被广泛接受。另外的一些天文学家认为这些难以解释的线条是一些冰碛[1]，一些游走性岩块，它们有可能是在蒂索山形成时期被抛射出来的。

"为什么不会呢？"尼科尔问巴比·凯恩道。

巴比·凯恩讲述了那些不同的看法，并且边说边一一地否定了它们："因为这些发生线条的规律性以及把火山物质抛射到如此远的地方，那必须有足够的力量，可是它们却又是无法解释的。"

"见鬼！"米歇尔·阿尔当说，"我觉得这些线条的起因很容易解释的。"

"是吗？"巴比·凯恩问。

"是呀，"米歇尔回答道，"我只需说一句就解释清楚了：这是一个巨大的星型裂痕，类似于一颗子弹或一块石块打在一块玻璃上所造成的裂痕。"

"嗯！"巴比·凯恩笑吟吟地说，"那我倒要问问，谁有那么大的力气？用手扔一块石头就能砸得那么厉害呀？"

"没必要用手呀，"米歇尔仍然坚持己见地说，"至于石头嘛，咱们假设可能是一颗彗星。"

"啊！彗星！"巴比·凯恩大声说道，"你总是拿彗星说事儿！我正直的米歇尔呀，你的解释倒是挺不错的，但是你所说的彗星那是不可能的。造成如此大的裂痕的那种撞击力可能来自这个星球本身。月球的硬壳在急剧冷却收缩的时候，就足以造成这

---

1 冰碛：在冰川作用过程中，所挟带和搬运的碎屑构成的堆积物，又称冰川沉积物。

成为月球人！这个想法又将他们拉回到那个老问题了：月球上能住人吗？三位旅行者在看到了自己亲眼所见的一切之后，能解答这一问题吗？

么大的裂痕。"

"行呀，就算是冷却收缩的缘故吧，比如月球得了肠绞痛什么的。"米歇尔·阿尔当说。

"再说，"巴比·凯恩说道，"这一观点是一位美国学者内史密斯提出的。我认为他的解释足以说明这些山脉的光线形成的原因了。"

"这个内史密斯倒是一点不傻！"米歇尔说。

三位旅行者兴趣盎然地久久观看着蒂索山的美丽景象。他们的炮弹车厢在太阳和月亮双重光线的照射下，大概会像是一个炽热放光的星球。因此，他们突然之间从冰冻严寒转入到高温酷热中了。大自然大概就是这样准备把他们训练成为月球人吧。

成为月球人！这个想法又将他们拉回到那个老问题了：月球上能住人吗？三位旅行者在看到了自己亲眼所见的一切之后，能解答这一问题吗？他们的结论是肯定的还是否定的？米歇尔·阿尔当催促他的两位朋友发表意见，要求他们直截了当地回答他月球世界上是否有动物和人。

"我觉得我们能够回答你提出的问题，"巴比·凯恩说，"不过，依我看，这个问题不应该这么去提。我倒觉得应该用另一种方式来提。"

"那你提吧。"米歇尔催促道。

"是这样的，"巴比·凯恩说，"这个问题分两种情况，并要求有两个答案：月球上可以居住吗？月球上有人居住过吗？"

"对，"尼科尔应声道，"我们首先得弄清楚月球上是否可以居住。"

"说实在的，我对此一窍不通。"米歇尔说道。

"就我而言，我的答案是否定的，"巴比·凯恩说，"就目前月球的情况来看，由于大气层十分稀薄，它上面的海大部分都已干涸，水源不足，植物难以生长，而且还忽冷忽热，白昼和黑夜长达三百五十四个小时，所以我认为月球上无法居住，而且我还觉得它也不适合动物的生长发育，没法满足我们的生存需要，就像我们现在所了解的那样。"

　　"我同意，"尼科尔说，"不过，难道月球对于我们的身体结构完全不同的一些生物来说也同样不能生存吗？"

　　"对于这个问题嘛，"巴比·凯恩说，"那就更难以回答了。不过，我倒是想试试看。但是，我得先问问尼科尔，是否无论任何生物，其'运动'都是生命的必然结果？"

　　"那是毫无疑问的。"尼科尔回答道。

　　"那好，我尊敬的朋友，那我就回答你说，我们在一个顶多五百米的距离上观察过月球大陆，但是我们根本就没有看到月球表面上有任何东西在移动。如果说有任何人类存在的迹象的话，那我们便能从他们征服大自然的痕迹，从他们的建筑物，甚至从一些废墟上看到他们的痕迹。可是，我们看到了什么呢？始终无非到处都是大自然造就的地质工程，从未见到有人类留下的建筑。如果说月球上有动物界的代表的话，那它们也许是躲藏在我们看不到的深不见底的洞穴之中。但我并不赞同这一看法，因为，假如它们真的存在过的话，那么，它们就会在那种即使极其稀薄的大气层下的平原上留下一些痕迹的。可是，我们在任何地方没有发现有这样的痕迹出现。那么，唯一的可能就是这里也许与生命的标志——运动——没有任何关系的生物存在！"

　　"你的意思是指没有生命的、活的创造物了。"米歇尔反诘道。

　　"正是，"巴比·凯恩回答道，"可这对我们来说，就毫无意义了。"

　　"这么说，我们可以总结我们的看法了。"米歇尔说。

　　"是的。"尼科尔说。

　　"那好吧，"米歇尔·阿尔当说道，"科学委员会在枪炮俱乐部的炮弹车厢内举行会议认为，对新观察到的情况进行辩论之后，对月球能否适宜居住的问题，一致投票决定：不行，月球不适宜居住。"

　　巴比·凯恩主席将12月6日的这个会议记录和决定记在了他的笔记簿里。

　　"现在，"尼科尔说，"我们开始讨论第二个问题吧，它是第一个问题的不可缺少的补充说明。我要向尊敬的委员会提问：如果说月球现在不适宜居住的话，那么它以前是否有人居住过呢？"

　　"请公民巴比·凯恩发言！"米歇尔·阿尔当说。

　　"朋友们，"巴比·凯恩说道，"关于我们的地球卫星是否适于居住的问题，我认为即使没有做这一次旅行，我也有一种观点可以陈述。我要补充一句，我们亲自进行的观察更加证实我的这个观点。我认为，我甚至确信，月球上曾经居住过类似我们地球人的身体结构的人，并且还存在过在解剖学上与地球上的动物相同的动物，不过，我还得补充一句，这些人类或动物已经消失了，他们已经永远灭绝了！"

　　"这么说，"米歇尔问道，"月球有可能比地球更加古老？"

"不，"巴比·凯恩信心十足地说，"只不过它这个世界老得更快一些罢了，而且它的形成和老化也都更快一点。相对而言，月球的物质的组织力量要比地球内部强得多。这个皱巴龟裂、千疮百孔、鼓鼓囊囊的月盘的现状就已证明这一点了。月球与地球初始时只是两个气状的团块。后来，在不同的力量的影响之下，由气体变成为液体，而这之后，才由液体状转变成为固体状。可以十分肯定的是，在我们的地球还停留在气体状态或液体状态的时候，月球就已经因冷却而变为固体状态，适合居住了。"

　　"这我相信。"尼科尔说。

　　"那时候，"巴比·凯恩继续说道，"有一层大气层在围绕着月球。水被这层气体包围着，没有蒸发掉。在空气、水、光线、太阳热能和月球中心热力的影响下，植物便占据了准备好接受它的那些大陆了。因此，可以肯定生命大致在这一时期出现了，因为大自然不会白白地做一些无用功的，而一个如此适合居住的世界是必定应该有人居住的。"

　　"不过，"尼科尔说，"我们的地球卫星有许多固有的运动现象，它们可能阻遏住植物界和动物界的扩张的。比如说，那三百五十四小时的白昼与黑夜不就是一个例证吗？"

　　"在地球的两极，"米歇尔说，"它们要持续六个月的！"

　　"这个论据没多大价值，因为南北两极并没有人居住。"

　　"请注意，朋友们，"巴比·凯恩又说，"如果说在月球现在这个阶段，那些漫长的黑夜与白昼造成温差极大，机体难以忍受的话，那么，在那个历史时期却并不是这样的。那时候，大气层用一件液态'大衣'包裹着月盘。水蒸气变成了云雾在遮挡着。这个大自然屏障减低了太阳光的热力，抑制住了夜晚的黑暗。光线同热力可以在空气中扩散。此后，那些力量的影响之间的平衡已不复存在，现在，这个大气层几乎完全消失了。而且，我下面要说的可能会让你们吃惊的……"

"但说无妨。"米歇尔·阿尔当说。

"我真的认为在月球上有人居住的那个时期，黑夜与白昼并没有长达三百五十四小时！"

"为什么呢？"尼科尔急切地问道。

"因为，在当时，月球的自转与它的公转很有可能并不相等，而且，只有在二者相等的时候，月球的任何一点都要受到太阳光十五天的照射。"

"这我同意，"尼科尔说，"可是，既然这两种运动那时候是不相等的，那为什么它们现在却又能相等呢？"

"因为这种相等与否是由地球引力决定的。可是，有谁告诉我们说，在地球尚处于液体状态时，这种引力有足够的力量改变月球的运动呢？"

"可是，"尼科尔反驳道，"那又有谁告诉我们说月球一直是地球的卫星呢？"

"可有谁跟我们说过，"米歇尔·阿尔当大声嚷嚷道，"月球并没有在地球之前就已经存在了？"

这一下，大家开始天马行空，各抒己见，巴比·凯恩想要制止这种无休止的假设。

"这些全都纯属空想，解决不了任何问题的，"巴比·凯恩说，"我们别再这么无休止地争论下去了。我们就只算是地球的引力不够强，因此月球的自转和公转就不相等了，白昼与黑夜有可能像地球上的白昼与黑夜一样在交替着。不过，即使没有这些条件，生命也有可能存在的。"

"这么说来，"米歇尔·阿尔当问道，"人类可能是从月球上消失了？"

"没错，"巴比·凯恩回答道，"不过，他们想必是在月球上坚持几千个世纪之后才消失的。随后，大气层渐渐变得稀薄了，月盘变得无法居住，就像地球总有一天将因冷却而变得无法居住一样。"

"因为冷却的缘故？"

"想必是的，"巴比·凯恩回答道，"随着地火的熄灭，炽热物质聚集起来，月球外壳就变冷了。渐渐地，这一现象的后果便出现了：动物灭绝，植物消失。很快，大气层变得极其稀薄，很有可能被地球吸引过去，呼吸的空气消失了，水也蒸发掉了。到了这个时期，已变得无法居住的月球就变成了一个死寂的世界了，正如我们今天所见到的那样。"

"你是说地球也会遭此厄运？"

"非常有可能。"

"那会是在什么时候呢？"

"当它的外壳逐渐冷却到无法居住时。"

"是否有人计算过我们那不幸的星球会在什么时候开始冷却呀？"

"想必有人计算过了。"

"你知道会在什么时候呀？"

"我当然知道。"

"那你快说呀，你这个讨厌的学者，"米歇尔·阿尔当嚷叫着，"你简直急死人了！"

"好的，好的，我正直的米歇尔，"巴比·凯恩平静地说道，"我们已经知道地球在一个世纪中温度降低了多少，而按照这样的速度计算，地球的平均温度将在四十万年之后下降至零摄氏度！"

"四十万年！"米歇尔嚷叫道，"啊！这一下我可以喘上气来了！真的，你可是把我给吓坏了！刚才听你那么说，我还以为我们只有五万年可活呢！"

巴比·凯恩和尼科尔见他们的这个同伴竟会如此担忧，不禁哈哈大笑起来。接着，尼科尔想要有个结论，便又提出了刚才讨论的第二个问题。

"月球上曾经有人居住过吗？"他问道。

答案是肯定的，而且大家全都赞同。

他们的这个讨论提到的许许多多的理论问题稍有点轻率，尽管这个讨论在这个方面总结了一些科学上的一般概念。而在这一时刻，他们的炮弹车厢已经飞快地朝着月球赤道前进了，与此同时，也在离月球越来越远。它已经越过威廉环形山，在离月球八百公里高空处越过了纬度四十度线。接着又将波塔图斯山留在了三十度线的右边，沿着那个"云海"南边飞向"云海"北边。许多的环形山隐现在满月的一片白茫茫的强光中，诸如布伊欧山和普尔巴赫山（它们状若正方形，中央有一个火山口），以及阿尔扎歇尔山，其中心有一座高峰，闪亮耀眼，美不胜收，妙不可言。

最后，炮弹车厢一直在远离月球，三个旅行者的眼睛已看不太清山峦的轮廓了，它们全都变得模糊不清，而地球这颗卫星所有绝妙的、奇特的、怪异的景致留给他们的只剩下那难以磨灭的记忆了。

第十九章

与不可能进行搏斗

在一段较长的时间里，巴比·凯恩及其两位同伴都在沉思默想，像遥望迦南福地的摩西一样，远远地看着那个世界。他们此时此刻已经离它越来越远，无法返回了。炮弹车厢与月球的相对位置已经改变，现在它的底部已转向了地球。

巴比·凯恩看到的这一变化令他震惊不已。如果炮弹车厢必须沿着一个椭圆形轨道环绕运行的话，为什么不像月球环绕地球那样，将它那最重的底部转向月球呢？这一点颇令他费解。

在观察炮弹车厢运行的情况时，我们可以发现它正在远离月球，沿着一条类似于它靠近月球时的曲线在前行。因此，它的轨迹画出了一个大大的椭圆形，很可能一直延伸到地球和月球的引力彼此抵消的那个点。

这就是巴比·凯恩根据自己观察到的情况得出的正确结论，他深信他的两个朋友会同意他的看法。

随即，各种各样的问题陆续被提了出来。

"那要是到达了这个死寂点的话，我们会怎么样呀？"米歇尔·阿尔当问。

"这是个未知数。"巴比·凯恩回答道。

"那我想，我们总可以做一些假设吧？"

"有两种可能，"巴比·凯恩回答，"或者是炮弹车厢的速度不够快，那么它就将永远地待在这条双重引力的线上……"

"那我宁可选择另外一种可能，不管其后果怎样。"米歇尔急切地说。

"要么它的速度很快，"巴比·凯恩接着说道，"那它就会沿着它的椭圆形轨道永远围绕着月球旋转。"

"这个假设也让人没法放宽心，"米歇尔说，"我们原来已经习惯于把月球当成我们的仆人了，这下子可好，我们反倒成了卑贱的月球仆人了！这就是等待着我们的未来呀。"

巴比·凯恩和尼科尔都没有吭声。

"你们怎么不说话呀？"米歇尔不耐烦地催促道。

"无话可说了。"尼科尔说。

"难道就一点法子也没有了？"

"没有了，"巴比·凯恩回答道，"你还想与不可能的事进行搏斗呀？"

"为什么不行呀？一个法国人和两个美国人难道会被这点小事吓傻了吗？"

"那你说怎么办？"

"控制住这个裹挟我们的运动！"

"控制住它？"

"是呀，"米歇尔劲头上来了，说道，"或者控制住它，或者改变它，反正得让它协助我们完成我们的计划。"

"可是，应该怎么做呢？"

"这就要看你们两位了！如果炮兵控制不了他们的炮弹，那还叫什么炮兵！如果炮弹指挥炮手，那就该将这个炮手塞进炮膛里去！天哪，你们算什么学者呀！竟然把我塞进炮弹里来，却想不出法子去解决难题！……"

"把你塞进炮膛！"巴比·凯恩和尼科尔齐声嚷叫道，"把你塞进炮膛！你这么说是什么意思？"

"你们先别发火！"米歇尔说，"我并不是在抱怨！这趟漫游我觉得挺开心的！炮弹车厢我也觉得挺舒适的！不过，即使无法在月球上降落，那至少，也应该尽我们自己的力量在其他什么地方降落呀。"

"我们也在这么想呀，我正直的米歇尔，"巴比·凯恩回答他说，"可是，我们想不出有什么可行的办法来。"

"我们就无法改变炮弹车厢的运动吗？"

"没有办法。"

"降低速度也不行？"

"不行！"

"难道就不能像一艘超载过重的船一样，扔掉些东西？"

"你想扔掉点什么！"尼科尔说，"我们并没有带压舱物。再者，我觉得扔掉点重量之后，炮弹车厢的速度会更快的。"

"更慢！"米歇尔说。

"更快！"尼科尔反驳道。

"既不会更快也不会更慢，"巴比·凯恩息事宁人地回答道，"因为我们是在真空中飘浮着，在真空中就无须考虑什么轻重的问题了。"

"那好，"米歇尔语气坚定地说，"那就只有一件事要做的了。"

"什么事？"尼科尔问。

"吃早餐！"英勇无畏的法国人镇定自若地回答道，他每当遇到最棘手的情况时，总是使用这一招儿。

的确，即使这一招儿对炮弹车厢的运行方向不会产生任何影响，还是可以尝试一下的，反正也不会造成什么不良后果，而且，对胃也大有裨益嘛。说实在的，这个正直的米歇尔确实满脑子的好主意。

于是，凌晨两点，三人便吃起了早餐来，但是，时间已经不重要了。米歇尔送上的是他的拿手的菜肴，还配上一瓶从他的秘密酒窖里取出来的喜人的美酒。如果他们脑子里还想不出好主意来的话，那就太对不起这瓶1863年的尚贝尔丹的玉液琼浆了。

吃完早餐后，大家又开始观察起来。

在炮弹车厢的周围，被他们扔到宇宙空间的东西依然跟炮弹车厢保持着不变的距离飘浮着。很显然，炮弹车厢在围绕月球运行时，没有穿越任何大气层，否则，所有这些被扔出去的物体因它们自身的重量会改变自己的速度的。

往地球方向看去，什么也看不到。地球只有一天，从头一天到午夜时分，它处于"新月"状，再过两天，它的"新月"便离开太阳光，成为月球人的时钟了，因为它在自转的时候，它的每一个点都总是在二十四小时之后经过同一条月球子午线。

在月球这一边，景色则迥然不同。皓月当空，但明亮的月光却遮盖不住那灿烂的群星。月球表面的平原地区已经色彩暗淡，如同从地球上所看到的一样。只有蒂索山依然光芒四射，其中心尤为耀眼，宛如一轮小小的红日。

巴比·凯恩没有任何办法确定炮弹车厢的速度，不过，根据力学原理推理，他认为这个速度在有规律地减小。

的确，如果承认炮弹车厢的轨迹就是围绕着月球的，那么这个轨迹就必然是椭圆形的。科学证明它必然是这样的。任何围绕着一个引力中心运转的物体都逃不脱这一规律。宇宙间所有的运行轨道都是椭圆形的，无论是环绕行星的卫星，还是环绕太阳运行的行星，或者是环绕着一个未知的引力中心运行的太阳全都如此。为什么枪炮俱乐部的这个炮弹车厢会逃脱这个自然规律呢？

在椭圆形的轨道上，引力中心总是占据椭圆形的两个圆心中的一个圆心。因此，卫星有时离它的引力体比较近，有时又离它比较远地围着它运行。当地球更靠近太阳时，它就位于近日点，而当它离太阳远的时候，那它就位于远日点。如果是月球的话，它在靠近地球时，就位于近地点，而离地球远的时候，它就位于远地点。如果是炮弹车厢借助天文学家的语言来表述的话，那么它离月球最近的地方就叫近月点，而远的地方则叫远月点。

在近月点时，炮弹车厢的速度就该是最大的，而在远月点时，它的速度就应该是最小的。因此，它显然是朝着远月点运行，而巴比·凯恩是对的，他认为它的速度将下降到这一点，以便在逐渐靠近月亮时，渐渐地加快速度。如果炮弹车厢的远月点是在地球与月球的引力相等的死寂点相重叠的话，它的速度将绝对成为零。

巴比·凯恩仔细地研究了这些不同的情况的后果，而当他要从中做出一个决定的时候，突然间，米歇尔·阿尔当的一声喊叫打断了他的思路。

"见鬼！"米歇尔嚷叫道，"必须承认我们都是些十足的笨蛋！"

"我看倒也是，"巴比·凯恩应声道，"不过，你为什么这么说呀？"

"因为我们就有着一个很简单的方法，使我们降低离开月球的速度，可是我们却并没有运用它！"

"到底是什么办法呀？"

"就是利用我们的火箭的后坐力呗。"

"正是！"尼科尔说。

"我们直到现在还没有动用过它，"巴比·凯恩说，"这点不假，不过，我们将会动用它的。"

"什么时候呀？"米歇尔问。

"当时机成熟时。请注意，朋友们，在炮弹车厢所在的位置与月面仍呈倾斜状的时候，我们的火箭在改变它的方向时，有可能使它偏离月球，而不是靠近月球。可你们不是坚持要到月球上去吗？"

"正是！"米歇尔回答道。

"你们先等一下。由于一种无法解释的影响，炮弹车厢现在正在将其底部逐渐转向地球。很有可能在两种引力相等的死寂点，它的圆锥形顶部将绝对地朝向月球。这时候，我们就可以希望它的速度降为零。那将是我们采取行动的时刻，而在我们的火箭的帮助之下，我们也许会直接降落在月球的表面的。"

"棒极了！"米歇尔说。

"我们先前没有这么做，之所以我们没能在第一次穿过死寂点时这么做，那是因为当时炮弹车厢的速度仍然很快的缘故。"

"非常有道理！"尼科尔说。

"先别着急，"巴比·凯恩说，"等着所有的有利条件都聚集到我们这一边来，而且，我们失望了这么久了，机会要来了，我开始相信我们会到达目的地的！"

　　米歇尔·阿尔当听巴比·凯恩这么一说，不禁心花怒放，连呼"万岁"。可这三个胆大的疯子没有一个记起来：他们曾经认为那是个不可能实现的目标——月球上根本就没人居住过！不！月球上可能并不适宜居住！然而，他们将要想尽一切办法登上月球！

　　唯一亟待解决的问题是，炮弹车厢究竟在什么确切的时间可能到达两种引力相等的那个死寂点呢？到了那一时刻，这三位旅行者将孤注一掷，降落在月球上。

　　要计算这个顶多只能有几秒钟的误差的时刻，巴比·凯恩只需查看一下他的旅行笔记，并标出月球上的那几条纬度线的高度即可。这样的话，炮弹车厢经过死寂点和南极间的距离所需要的时间与从北极到死寂点的距离应该是相等的。而通过各个点的时间已经仔细地记录了下来，所以计算起来就很容易了。

　　巴比·凯恩认为炮弹车厢到达这个点的时间应该是12月8日的凌晨一点钟。而此时是12月7日的凌晨三点。因此，如果炮弹车厢没有受到干扰的话，它将在二十二小时之后，到达所盼望的那个点。

　　火箭本来是准备留作减低炮弹车厢降落速度时使用的，可现在却恰恰相反，三个勇敢无畏者将用它们来激发一个完全相反的效果。不管怎么说，反正火箭已经准备就绪，专等时刻一到便点火发射了。

　　"既然现在没什么可做的了，"尼科尔说，"那我提个建议。"

"什么建议？"巴比·凯恩问。

"我建议咱们睡上一觉吧。"

"什么！"米歇尔·阿尔当大叫一声。

"我们已经有四十个小时没有合眼了，"尼科尔说，"先睡上几个小时，我们会精力充沛的。"

"我不睡。"米歇尔不高兴地说。

"那好，"尼科尔说，"那就各行其是吧，我可得睡上一觉！"

尼科尔说着便躺在一张长沙发上，像死猪似的打起呼噜来。

"这个尼科尔可是挺聪明的，"巴比·凯恩立即说道，"我也要学他的样儿了。"

不一会儿，他那男低音的呼噜声便同船长的男中音一呼一应了。

"我敢肯定，这两个讲求实际的人有时候还是有一些很合时宜的主意的。"米歇尔·阿尔当说。

于是，米歇尔伸开他那两条长腿，将两条长胳膊枕在脑后，也沉入了梦乡。

不过，他们睡得并不长久，也不踏实。三个人的脑子里的操心事一大堆，所以几个小时之后——早晨七点不到，他们便全都同时腾地站起身来。

炮弹车厢一直在远离月球，它的圆锥体那一部分越来越转向月球。直到现在也没搞清楚这是个什么现象，但是它却恰好有利于巴比·凯恩的计划。

再过十七个小时，行动的时刻就将来临。

这一天似乎特别长。这三位旅行者无论胆子有多大，在这一时刻即将来到时，他们也总不免心里怦怦直跳。这一时刻将决定一切，要么是降落到月球上，要么将永远沿着一条不变的轨道环绕着月球运行。他们一直在数着时间，觉得时间走得太慢太慢。巴比·凯恩和尼科尔一门心思地沉浸在计算当中，米歇尔则在狭窄的舱壁间走来走去，并且还在贪婪地凝视着这个无动于衷的月球。

有时候，对地球的一些回忆飞速地闪过他们的脑海，他们又看见了他们俱乐部的朋友们，尤其是那个最亲密无间的马斯通。此时此刻，这位可敬可爱的秘书大概正待在落基山他的岗位上呢。如果他在他的巨型望远镜上发现我们的炮弹车厢，他会作何感想？他看到它消失在月球南极后面之后，却又见它从北极冒了出来！这可是一颗卫星的炮弹车厢卫星啊！马斯通有没有将这个出乎意料的新闻传播出去？这次伟大的创举的结局就是这样吗？……

然而，这一天过去了，没有发生任何意外。地球上的午夜降临了，12月8日即将开始。再过一个小时，就将到达两个引力相等的死寂点了。此时此刻，炮弹车厢的速度怎样？我们估计不出来。但是，巴比·凯恩计算出来的数据是绝对不会出错的。凌晨一点，这个速度就可能为零，而且必定是零。

另外，还有一个现象大概会表明炮弹车厢到了两个引力相互抵消的死寂点。在这个点上，地球引力和月球引力将会为零，物体不再有"重量"了。这个罕见的现象曾经让巴比·凯恩及其两位同伴在回去的时候感到非常惊讶。在回去的时候，在同样的条件下，再出现这种情况，就必须在这个精确的时间上尽快行动。

炮弹车厢的圆锥形顶部已经在明显地转向月盘了。它必须转到可以利用火箭的全部后坐力的方位。看来，好运来到这三位旅行者的面前了。如果炮弹车厢在这个死寂点上的绝对速度为零的话，就会产生一个决定性的运动，哪怕是小之又小的运动，都将使它降落到月球上。

"差五分凌晨一点了。"尼科尔说。

"一切准备就绪。"米歇尔·阿尔当一边回答，一边把一个事先准备好的引火线凑近煤气灯的火上。

"等一下。"巴比·凯恩手里拿着表说道。

正在这一时刻，重力便完全不再起作用了。旅行者们自己也感到自己的身子没有了重量。如果说他们尚未到达完全失重的状态，那他们也离那个死寂点非常近了……

"凌晨一点钟了！"巴比·凯恩说。

米歇尔·阿尔当将引火线凑近一根与火箭连接着的火线。炮弹车厢内空气稀薄，他们没有听到任何爆炸声。但是，透过舷窗，巴比·凯恩看到一条长长的"尾巴"，但燃烧随即便结束了。

炮弹车厢内的旅行者们明显地感到了一阵晃动。

他们全都睁大眼睛在看，只听不说话，并且屏住了呼吸。在这绝对的寂静之中，仿佛能听见他们的心跳声。

"我们在降落？"米歇尔·阿尔当终于忍不住问道。

"没有呢，"尼科尔回答道，"因为炮弹车厢的底部尚未转向月球！"

这时候，巴比·凯恩离开了舷窗玻璃，回头看看他的两个同伴。他脸色苍白，眉头深蹙，紧咬住嘴唇。

"我们在降落！"他说道。

"啊！"米歇尔·阿尔当叫喊着，"是向月球降落？"

"向地球！"巴比·凯恩回答道。

"真见鬼！"米歇尔·阿尔当嚷嚷道，随即便又颇有哲理地说，"很好！我们在进到炮弹车厢里的时候就在想，可能难以从里面走出去呢！"

确实，可怕的降落开始了。炮弹车厢本身所具有的速度把它带到死寂点的那一边去了。火箭的后坐力也没能降低它的速度。这个速度在来的时候就曾将它带过死寂点，在返回途中又将它带到死寂点的另一边。物理学要求炮弹车厢在它的椭圆形轨道上重新越过它所穿过的所有的点。

这是一次可怕的坠落，是从七万八千法里的高处降落，没有什么"弹簧"可以拉住它，降低它的速度。根据弹道学的原理，炮弹车厢应该与它被射出哥伦比亚炮时的速度相同，亦即以最后一秒的速度为一万六千米的那个速度降落地球！

为了给出一个参考数字，我们曾计算过，从只有两百英尺高的巴黎圣母院的钟楼扔下一个物体，它落到地面时的速度是每小时一百二十法里。而此时此刻的炮弹车厢降落到地球上的速度应该是每小时五万七千六百法里。

"我们完蛋了。"尼科尔冷冷地说。

"好啊，如果我们死了，"巴比·凯恩带着一种宗教热情的语气说道，"我们的这趟旅行的成效就发扬光大了！上帝将会告诉我们他的秘密的！在另一个世界里，灵魂将无需机器或仪器就能无事不知了！灵魂将与永恒的智慧融为一体！"

"没错，"米歇尔·阿尔当说，"那另一个世界会很好地安慰我们，不致使我们对那个名叫月球的小小星球感到遗憾了！"

巴比·凯恩搂抱着双臂，一副听天由命的样子。

"听从上苍的安排吧！"他说道。

第二十章

"苏斯格安娜号"的探测

"喂，中尉，探测进行得怎么样了？"

"我认为马上就要结束了，先生。"布尤斯菲尔德中尉回答道，"可是，谁会想到离陆地这样近，而离美国海岸只有一百多法里的地方，海水竟然会如此深啊？"

"确实，布尤斯菲尔德，这里是一条深海沟，"布尤斯贝里舰长说，"这儿有一个海谷，是亨博德海流冲出来的，这个海流沿着美洲海岸流去，直抵麦哲伦海峡。"

"这么深很难铺设海底电缆，"中尉说道，"海底电缆最好是铺设在一座平坦的海底高原，如同连接瓦朗蒂亚和纽芬兰的那条美国电缆一样。"

"你说得对，布尤斯菲尔德。不过，请您告诉我，我们现在铺设了多长了？"

"现在，外线已经铺了两万一千英尺了，先生，"布尤斯菲尔德回答道，"牵引探测器的那个'炮弹车'还没能到海底，因为探测器总是会往上浮起。"

"这个布鲁克装置真的太神奇了，"布尤斯贝里舰长说，

"它测出的数据精确可靠。"

"触底了！"突然，前舱监督操作的一个舵手叫了起来。

舰长和中尉马上奔往前甲板。

"水深多少？"舰长问。

"两万一千七百六十二英尺。"中尉一边回答，一边将这一数字记在了日记本上。

"很好，布尤斯菲尔德，"舰长说，"我将把这一数字标在我的航海图上。现在，把探测器收回来吧。这项工作得花上好几个钟头。在这段时间里，工程师将点火生炉，而我们则准备好，等你们的工作一结束，便拔锚起航。现在是晚上十点，不好意思，中尉，我要去睡一会儿了。"

"您去吧，先生，没事的！"布尤斯菲尔德中尉亲切地回答道。

"苏斯格安娜号"的舰长可以说是一位正直的人，是他的军官们的最谦逊的仆人。他回到自己的舱里，喝了一杯掺有热糖水和柠檬汁的白兰地，他对他的厨师的手艺表示非常满意，然后，又对为他铺好床铺的仆人称赞了一番，便躺下来安然入睡。

此时此刻，已是晚上十点了。12月的第十一天即将在一个美丽安谧的夜晚结束了。

"苏斯格安娜号"是美国海军的一艘五百匹马力的轻型巡航舰，正忙于在新墨西哥海岸上的那个狭长的半岛附近，离美国海岸大约有一百法里的太平洋上进行探测。

风渐渐小了，大气层平静安然。舰旗纹丝不动地软塌塌地挂在顶桅桅杆上。

乔纳森·布尤斯贝里舰长是枪炮俱乐部最积极的会员之

一——布尤斯贝里上校的堂兄弟娶了上校的表妹，一个名叫霍尔施比登的姑娘，肯塔基州的一位可敬的商人之女。乔纳森舰长没有想到天气会那么好，这对这种困难的测量工作十分有利。他的轻型巡航舰并没有感觉到此前的那场惊天动地的大风暴，那场大风暴把堆积在落基山上空的满天乌云吹得不见了踪影，对于观测炮弹车厢的运行好得不得了。一切都让他称心如意，因此，他怀着一个长老派信徒的那种炽热的情感，感谢上苍的恩赐。

"苏斯格安娜号"进行的一系列测量工作，目的在于找寻一个适合铺设连接夏威夷群岛与美国海岸之间电缆的最佳海底。

这是一家颇具实力的大公司的一个庞大的计划。公司老板名叫赛茅斯·菲尔德，精明强干，甚至声称要铺设一个连接大洋洲各个岛屿的庞大的电缆国，该计划堪称美国人的天才的伟大事业。

前期的探测工作便交给了"苏斯格安娜号"轻型巡航舰。12月11日夜晚，这艘轻型巡航舰，正停泊在北纬二十七度七分和华盛顿的西经四十一度三十七分的位置[1]。

这时候，月球已呈下弦月，刚刚开始冒出地平线。

布尤斯贝里舰长回舱睡觉之后，布尤斯菲尔德中尉和几位军官便聚集在船尾甲板上。月亮升起时，他们的思想全都转向整个半球的人都睁大着眼睛观赏的这个天体上去了。最好的海军望远镜都无法发现那个在半个月球周围游走的炮弹车厢，然而，所有的望远镜全都对准着那个闪亮的月盘，几百万双眼睛都在同时盯着它。

"他们出发已经十天了，"布尤斯菲尔德中尉说道，"他们

1　正是巴黎的西经119度55分。——作者原注

现在怎么样了？"

"他们已经到达目的地了，中尉，"一个年轻的海军军官学校学员大声说道，"他们像任何一位到达一个新地方的旅行者一样，正在四处溜达呢！"

"您既然这么说了，我相信他们是这样的，我年轻的朋友。"布尤斯菲尔德中尉微笑着说。

"说实在的，"另一位军官说，"我们不应该怀疑他们登陆月球会失败。炮弹车厢应该在5日午夜满月之时抵达月球。今天已经是12月11日了，已经有六天了。六乘二十四小时，等于一百四十四小时，而且，又没有黑暗，他们有足够的时间舒舒服服地安顿下来。我觉得我看见我们的三位勇敢正直的同胞了，看见他们在月球上的一个山谷底部的一条溪流边安营扎寨了，而旁边就是那个降落时半截身子插在火山残余中的炮弹车厢，尼科尔舰长开始进行水平测量，巴比·凯恩主席在写他的旅行日记，米歇尔·阿尔当在抽着哈瓦那雪茄，雪茄的香气飘散在孤寂的月球上……"

"没错，应该如此，就是这样！"那年轻的海军军校学员被他上司的富于诗情画意的描绘所感动，大声说道。

"我希望是这样，"不怎么激动的布尤斯菲尔德回答道，"遗憾的是，我们始终无法与月球进行直接联系。"

"请问，中尉，"年轻的海军军校学员问道，"难道巴比·凯恩主席不会写字吗？"

听到这一回答，大家爆发出一阵哄笑声。

"我不是指写信，"那年轻学员急切地说道，"月球上的邮政局与地球上的邮政局是不搭界的。"

"那可能是电报局吧？"一位军官揶揄地说。

"更不是什么电报局，"那年轻学员并没有被难倒，回答道，"与地球建立符号联系应该是很容易的。"

"怎么联系？"

"借助朗峰的天文望远镜嘛。你们知道，它可以将月球到落基山的观察距离缩小至两法里，我就可以看到月球表面上直径九英尺的物体。喏！如果我们的那三位天才睿智的朋友能创造一些巨大的字母，问题便迎刃而解了！让他们写上一些长一百托瓦兹的字，并且写上几句一法里长的话，他们不就能把他们的情况告诉我们了吗！"

大家不禁向这位不乏才气的年轻学员热烈地鼓起掌来。甚至布尤斯菲尔德中尉也觉得这个主意不错，切实可行。他还补充说道，用抛物柱面镜发出光来，也可以与月球进行直接联系的。确实，这种光束在金星或火星表面上，抑或是在海王星表面上，都可以看得见的。他最后说道，在靠近地球的那些行星上所观察到的一些发光点，也可能是向地球发出的信号。但是，他又指出，如果说我们通过这种方法可以获得一些月球世界的消息的话，可我们却无法从地球向它们发出信息，除非月球人拥有能够进行远距离观察的仪器设备。

"那是当然的啰，"一位军官应声道，"但是，那三位旅行者命运如何，他们做了些什么，他们观察到了什么，这是我们更加感兴趣的。再者，如果此次尝试得以成功的话——这一点我并不怀疑——我们将再次进行试验。哥伦比亚炮仍然存放在佛罗里达的地下。现在的问题就是炮弹车厢和火药的问题了，不过，每一次月球通过天顶时，我们都可以往它那儿送上一批旅客。"

"很显然，"布尤斯菲尔德中尉说，"马斯通将在这几天的某一天与他的那几位朋友重逢。"

　　"如果他愿意带上我的话，"那位年轻的海军学员激动地说，"我准备陪他前往。"

　　"啊！业余爱好者将不会少的，"布尤斯菲尔德回答道，"如果任由他们这么干的话，那么，用不了多久，地球上一半的居民都将移居到月球上去了！"

　　"苏斯格安娜号"上的军官们的这番讨论一直延续到凌晨一点左右。我们真的搞不明白，这些英勇无畏、思想放不开的人都在说些什么令人茫然的学说和颠覆性的理论呀！自从巴比·凯恩进行这次试验以来，美国人似乎认为没有什么不可能的事。他们已经在计划不再派遣一个科学家委员会，而是派遣一支包括步兵、炮兵和骑兵的大部队去征服月球世界了。

　　凌晨一点，探测器仍未拉上甲板。还有一万英尺的缆绳尚在水中，这起码还得继续干上好几个钟头。根据舰长的命令，舰艇已经点火，锅炉的压力已经在上升。"苏斯格安娜号"随时可以拔锚起航。

　　正在这时——凌晨一点十七分——布尤斯菲尔德中尉正要离开船尾甲板，准备回到自己的舱室时，他的注意力突然被遥远的、完全出乎意料的呼啸声吸引住了。

　　他同他的同伴们开始还以为是哪儿有蒸汽漏了出来，但是，当他们抬起头来时，发现这呼啸声是从遥远的高空大气层里传来的。

　　他们还没来得及彼此询问几句，那呼啸声就越来越响，非常惊人。随即，突然之间，他们的眼睛被强光射得迷离不清，隐隐约约地只看到一颗大得惊人的流星，飞速地、火光熊熊地穿过大气层。

这束火光在他们的眼中逐渐增大，最后，像沉雷一样，轰隆一声砸到轻型巡航舰的前桅上，将前桅齐根折断，随即轰然一声沉入到巨浪翻滚的大海中去了。

这束火光在他们的眼中逐渐增大，最后，像沉雷一样，轰隆一声砸到轻型巡航舰的前桅上，将前桅齐根折断，随即轰然一声沉入到巨浪翻滚的大海中去了。

假若"苏斯格安娜号"再靠近几英尺的话，那"苏斯格安娜号"就会连人带设备一股脑儿地沉入海底了。

这时候，布尤斯贝里舰长衣冠不整地冲向舰首甲板，军官们立刻奔到他的身旁。

"请问，先生们，出什么事了？"他问道。

"舰长，是'他们'回来了！"

第二十一章

马斯通被召唤来了

"苏斯格安娜号"上人人激动不已。军官和水手们已经将刚才经受的那番惊吓忘诸脑后,不再担心被那个已经沉于海底的火球砸伤烧死了。现在,他们只是在想那个结束这场试验的灾难。如此看来,有史以来的、这个最大胆无畏的试验夺去了进行试验的那三位勇敢冒险者的生命。

"是'他们'回来了。"年轻的海军学校学员刚才说了,而且,大家都听明白了。谁都不会怀疑那颗"流星"不是枪炮俱乐部的那个炮弹车厢。至于车厢内的那三位旅行者的命运,众说纷纭。

"他们死了!"一个人说。

"他们还活着,"另一个人说,"海水很深,他们坠落的速度减缓了。"

"但是他们缺氧,"又一个说道,"他们大概已经窒息身亡了!"

"是烧死的!"又有一位反驳道,"因为炮弹车厢穿过大气层的时候,已经成了一个大火球了!"

"这都有什么关系呢!"大家异口同声地说,"死也好,活也好，反正都得将他们打捞上来！"

这时候，布尤斯贝里舰长已经将军官们召集在一起，并征得大家的同意，召开了一个会。必须立即做出决定，最急迫的是要将炮弹车厢打捞上来。这项工作非常困难，但并不是不可能。但是舰上缺乏既具功效又非常精密的必需的机械设备。因此，大家决定将舰开往最近的港口，并通知枪炮俱乐部炮弹车厢已经坠落的情况。

这个决定获得一致通过，但港口的选择还得讨论一下。在北纬二十七度上没有什么临近海岸可以停靠。再往北去，在蒙特雷半岛的上方，有一个与半岛同名的城市。但是，它却是建在一片大沙漠的边缘，与内地没有电报网进行联系。可是，没有电报网，这个重大的消息就不能发出去。

再往北几纬度的地方便是旧金山湾。从黄金国首都，就可以很容易地同美国中心地区取得联系。"苏斯格安娜号"开足马力用不了两天工夫，便能驶抵旧金山湾。因此，它必然要立即起航。

锅炉的火已经生旺了，舰艇可以立即起航。还有两千寻的探测绳在海底。布尤斯贝里舰长不愿浪费宝贵的时间，只好忍痛斩断探测绳。

"我们在绳头拴上一只浮标，"他说道，"它将向我们指出炮弹车厢落下的确切地点。"

"不过，"布尤斯菲尔德中尉回应道，"我们已经知道我们的确切方位是北纬二十七度七分和西经四十一度三十七分。"

"很好，布尤斯菲尔德先生，"舰长说道，"现在，就请您动手斩断探测绳吧。"

一只坚固的浮标用两个圆木加固之后，被扔到洋面上去。探测绳的顶端紧紧地夹在两个圆木中间，浮标可以随着波浪漂浮，但却不会离目标太远。

这时候，工程师让人通知舰长，锅炉压力在增加，可以起航了。舰长得到这个好消息很高兴，并让来人代他向工程师致意。于是，舰长便向东北方向掉转船头，加足马力，驶向旧金山湾。此时正是凌晨三点。

两百二十法里的航程，对于"苏斯格安娜号"这样的快艇而言，简直不算什么。只需三十六小时，它就能跑完这段航程，12月14日，午后一点二十七分，它就驶进旧金山湾里了。

看到美国海军的这艘快艇飞速地驶抵港口，看到它那齐根斩断的船首斜桅和用支柱支撑住的前桅，人们的好奇心被极大地激发起来。码头上人山人海，人头攒动，熙熙攘攘，都在等着看舰艇上的人走下舷梯。

抛锚之后，布尤斯贝里舰长和布尤斯菲尔德中尉下到一只八条桨的小船，很快便被送到了岸上。

他俩立刻跳上岸来。

"电报局在哪儿？"他们没有去理会公众纷纷提出的各种问题，只是大声问道。

港口的执勤军官在一大群好奇的人的簇拥下，亲自送他俩前往电报局。

布尤斯贝里和布尤斯菲尔德走进电报局，看热闹的那帮人则拥挤在电报局门口。

几分钟后，同样内容的电报发出四份：一，华盛顿，海军部秘书长收；二，巴尔的摩枪炮俱乐部副主席收；三，落基山朗峰天文尊敬的马斯通收；四，马萨诸塞州剑桥天文台副台长收。

电报内容如下：

> 12月12日凌晨一点十七分，哥伦比亚炮的炮弹车厢在北纬二十度七分和西经四十一度三十七分处坠落在太平洋海底。
>
> 请指示。
>
> "苏斯格安娜号"舰长 布尤斯贝里

五分钟后，旧金山全城的人全都获知了这一消息。下午六点前，合众国各州便传遍了这一噩耗。午夜过后，整个欧洲通过电报都知道了美国这次伟大的试验的结果了。

我们就不将这一意外结果对全世界产生的影响加以描述了。

海军部秘书长收到电报之后，立即打电话给"苏斯格安娜号"，命令它在旧金山湾待命，不得熄火，二十四小时全天候地准备出海。

剑桥天文台召开了特别会议。他们以科学家的那种镇定自若的态度，平静地在讨论这个问题的科学方面的情况。

而枪炮俱乐部像是炸开了锅，所有的炮兵全都聚集在了一起，可敬的威尔科姆副主席正在宣读马斯通和贝勒法斯特发来的那封操之过急的电报。该电报宣称他们在朗峰的那架巨型望远镜中看到了炮弹车厢。该电报还说，炮弹车厢受到月球引力的作用，在太阳世界里扮演卫星的卫星的角色去了。

现在，我们已经获知这方面的真实情况了。

然而，布尤斯贝里的电报来了，它与马斯通的电报完全相反，以至枪炮俱乐部内部形成了两派。一派认为炮弹车厢已经坠落，因此，三位旅行者已经返回；而另一派却坚持朗峰的观测结果，认为"苏斯格安娜号"舰长判断无误。后面这一派认为所谓的炮弹车厢只不过是一颗流星，它在坠落时速度极快，击碎了轻型巡航舰的舰首而已。大家不太清楚如何反驳他们的观点，因为这颗"流星"速度太快，观察它实属不易。"苏斯格安娜号"舰长及其军官们完全有可能出于好心而弄错了。然而，有一个论据对他们极为有利，也就是说，如果炮弹车厢落在了陆地上，它与地球的接触点就只能是在北纬的二十七度和西经的四十一度和四十二度间，这是因为考虑到所经历的时间和地球的自转运动。

不管怎么说，反正枪炮俱乐部内，大家一致决定，布尤斯贝里的兄长毕尔比和军医埃尔菲斯顿毫不耽搁地将前往旧金山，看看用什么办法将炮弹车厢从太平洋海底弄上来。

这些忠贞执着的人立即动身，那趟横贯美国中部的列车，很快便将他们送到圣路易斯，在那儿，邮政快递正等着他们哩。

海军部秘书长、枪炮俱乐部副主席和天文台副台长几乎是在同一时刻收到从旧金山发来的电报的时候，可敬的马斯通感到平生从未有过的激动不已。即使是在他那门著名的大炮爆炸时，再一次差点儿让他送命，他也没有那么激动过。

我们记得俱乐部的这位秘书长在炮弹车厢发射出去之后不一

会儿，他几乎是与它一起离开的，他心急火燎地奔向落基山的朗峰观测站去了。剑桥天文台台长、科学家贝勒法斯特陪着他一起去的。这两个朋友一到观测站，便匆匆地收拾一下，安顿下来，没再离开他们那架巨型天文望远镜所在的那个山顶。

我们清楚地知道，这个巨型装置是被英国人称为"尖端观测"的反射望远镜。该装置对被观测物只反射一次，因此，物体的清晰度就更加好。而马斯通和贝勒法斯特在观测时，也就无须待在望远镜的下方，而是待在它的上方。他俩爬上螺旋式楼梯，上到顶端；该楼梯也是一个杰作，极其轻巧便利，从顶端到金属井底，有两百八十英尺深，井底有一面金属镜子。

连日来，这两位科学家就是在望远镜顶端的这个狭小的平台上度过他们的日日夜夜的，他们时而诅咒白昼的强光，让他们看不见月亮，时而还诅咒夜晚那死死遮挡住月亮的云层。

焦急地等待了几天之后，12月5日的夜晚，当他们发现炮弹车厢在带着他们的朋友们遨游太空时，他俩是多么兴奋啊！可是，乐极生悲，绝望之情油然而起，因为他们当时片面地了解情况，竟然向全世界发出他们的第一封电报，错误地认定炮弹车厢已经成为月球的卫星，沿着一条永远不变的轨道在运行。

自此之后，炮弹车厢便没再在他们的眼里出现过。其实这也不难理解，因为炮弹车厢已经运行到月球背面去了。但是，当炮弹车厢应该再次出现在月球看得见的那一面的时候，性情急躁的马斯通与他的那位同样是急脾气的同伴的那份焦急难耐，是可想而知的了！夜晚，每一分钟，他们都以为又看到炮弹车厢了，可是却根本没有看见它！自此，他俩之间便争论不休，吵得不可开交。贝勒法斯特坚信，炮弹车厢一直没有出现，可马斯通则硬是说他"看得一清二楚"!

"那就是炮弹车厢!"马斯通一个劲儿地这么说。

"不是的!"贝勒法斯特说,"那是月球上发生的一次雪崩!"

"那好!咱们明天再看。"

"别看了!我们再也看不见它了!它被拖进宇宙空间了。"

"不会的!"

"就是的!"

就在二人这么你一言我一语地争论得没完没了的时候,枪炮俱乐部秘书那有名的火暴脾气对可敬的贝勒法斯特构成了一种永恒的危险了。

这两个人很快便水火不容,难以相处了。但是,一个意想不到的事情一下子打断了他俩那永无休止的争论。

12月14日午夜,两个反目成仇的朋友正在专心致志地观察月面,马斯通像平时习惯的那样,嘟嘟囔囔,骂骂咧咧,而科学家贝勒法斯特也火冒三丈,毫不相让。枪炮俱乐部秘书一口咬定他刚才看到炮弹车厢了,甚至还说米歇尔·阿尔当的面孔还贴在一个舷窗的玻璃上。他边说还边舞动着他那假臂上吓人的铁钩子,着实让人担心不已。

这时候,贝勒法斯特的仆人来到平台上(当时正是晚上十点钟),他立即把一封电报交给他的主人。电报是"苏斯格安娜号"舰长发来的。

贝勒法斯特撕开信封,看了看电文,不禁惊叫起来。

"嘿!怎么啦?"马斯通急切地问。

"炮弹车厢!"

"它怎么了？"

"它坠落到地球上了！"

回答他的是又一个惊叫，甚至是吼叫。

他转向马斯通。这个不幸的人正大大咧咧地俯身观测，突然间一下子就掉进金属井里去了。那可是个两百八十英尺的深井啊！贝勒法斯特吓坏了，急忙奔向井口。

他松了口气，马斯通假臂的铁钩子钩住了天文望远镜的一个间距架，他正在一个劲儿地发出可怕的尖叫声。

贝勒法斯特急忙喊人。他的助手们纷纷奔了过来。几辆复滑车被安放好，大家七手八脚，费了九牛二虎之力才将不谨慎小心的枪炮俱乐部秘书救了上来。

他被安全地吊上了井口。

"哎呀！"他说道，"我要是把望远镜砸坏了，那可就……"

"那您就得赔了！"贝勒法斯特严肃地说。

"那该死的炮弹车厢坠落了？"马斯通问道。

"掉进太平洋了！"

"咱们快走吧！"

一刻钟之后，两位科学家从落基山上走下来，两天之后，他俩与他们的枪炮俱乐部的朋友们在同一时间到达旧金山，途中竟累死了五匹马。

"怎么办呀？"他们嚷叫道。

"把炮弹车厢打捞上来，"马斯通回答道，"而且要用最快的速度打捞上来！"

第二十二章

救　援

　　炮弹车厢坠落海底的确切地点已经弄清，但要是抓住它，将它拉回洋面上来，却缺少工具。必须赶紧设计制造。美国工程师们不会被这点小困难给难住的。一旦抓钩安装好，并且有了蒸汽，他们保证能够将炮弹车厢弄上来，无论它有多么重。再说，海水的浮力也将减轻它的重量。

　　但是，光是打捞还不行，还必须赶快行动，搭救三位旅行者。大家都深信他们仍然活着。

　　"没错，他们肯定还活着！"马斯通不停地念叨着，他的信心感染了大家，"我们的这几个朋友是精明强悍的人，他们不会就那么傻瓜似的摔死的。他们仍然活着，安然无恙地活着，不过，我们必须抓紧时间，尽快找到他们才行。我倒并不担心他们缺粮缺水！他们的粮食和水能够维持很长时间！但是，空气呢！他们很快就会没有空气了。所以必须抓紧！越快越好！"

　　于是，大家便立刻忙了起来。"苏斯格安娜号"返回它的新的目的地。它那功率强大的机器已安排妥当，与拉纤的链锁连接在了一起。铝制炮弹车厢的重量只有一万九千两百五十磅，比在同样条件下打捞横贯大西洋的海底电缆要轻许多。但唯一的困难在于炮弹车厢是圆锥形的，厢壁光滑，抓不太牢，难以打捞。

为此，默奇森工程师急忙赶到旧金山，让人制造巨型的强有力的自动抓斗——如果抓斗牢牢地抓住了炮弹车厢的话，它是绝不会"松手"的。他还让人准备了一些既防水又抗压的潜水船，便于潜水员摸清海底情况。他还在"苏斯格安娜号"上安装了几个设计精巧的制造压缩空气的装置。这些装置像是几间货真价实的空气室，四壁装着舷窗，并且设有隔层，可以引入海水，使它们得以沉入海底。这些装置在旧金山就有，本是为建造海下堤坝用的。这可真的是天从人愿，因为现场制造的话，时间来不及。

不过，尽管这些设备完美无缺，尽管操作这些设备的科学家们多么有本事，但是，操作能否不出差错，却无法保证。这可是在水下两万英尺深处打捞炮弹车厢啊，成功与否，灾难难料！再说，即使炮弹车厢被打捞上来了，里面的那三位旅行者是否能够承受得住两万英尺深的海水都未必能减轻的那种可怕的撞击呢？

总而言之，必须赶紧行动。马斯通日夜不停地督促工匠们。他自己也准备好了，或穿上潜水服，或尝试钻进空气压缩机里，去摸清他的三位英勇无畏的朋友的情况。

与此同时，虽然大家全都一门心思地制造各种机器，虽然合众国政府为枪炮俱乐部拨了大量的资金，但是，漫长的五天过去了——真好比五个世纪啊！但各种准备工作仍然没有完成。在这段时间里，公众舆论情绪亢奋到了极点。全世界的电话、电报打个不停。营救巴比·凯恩、尼科尔和米歇尔·阿尔当已经成为一件国际性大事，曾经接受过枪炮俱乐部捐款的各国人民也都十分关心这一营救工作。

最后，拉纤的链锁、空气压缩机、自动抓斗全部装到"苏斯格安娜号"上了。马斯通、默奇森工程师、枪炮俱乐部的代表们也都住进自己的舱室。万事俱备，只等起航了。

　　蒸汽的压力已经达到顶点，"苏斯格安娜号"很快便驶出了海湾。

　　至于船上的军官们、水手们、乘客们相互间的交谈就无须赘述了。这些人只有一个念头，他们的心都激动地在跳动着。在大家奔去救援巴比·凯恩及其两个伙伴时，将被救援的这三个人在做什么呀？他们现在情况如何？他们是不是在试图冒险，获得自由？没有人能说得清楚。事实是，任何办法都有可能以失败告终。这个金属牢房淹没于大洋下近两法里的地方，让三位囚徒无能为力，无计可施。

　　12月23日，上午八点，"苏斯格安娜号"在快速飞驰之后，大概已经到达出事地点了。必须等到中午才能测定确切的方位。那只与探测器连在一起的浮标尚未被找到。

　　中午时分，布尤斯贝里舰长在监督观测的军官的协助下，当着枪炮俱乐部的代表们的面测定了方位。他突然间有点焦虑不安，方位确定了，"苏斯格安娜号"到达炮弹车厢沉没点的西边，离它仅有几分钟的航程。

　　于是，轻型巡航舰"苏斯格安娜号"随即便向目标所在位置驶去。

　　中午十二点四十七分，他们看到了浮标。浮标完好无损，没有怎么偏离。

　　"总算找到了！"马斯通叫嚷道。

　　"咱们马上开始吧？"布尤斯贝里舰长说。

"立刻开始，分秒必争！"马斯通说。

一应必要措施均已采取，轻型巡航舰几乎一动不动地停泊着。

在研究如何打捞炮弹车厢以前，默奇森工程师想首先摸清炮弹车厢在洋底的具体位置。专门用于这一探测的潜水机器备足了空气。操纵这些机器设备的工作并非毫无危险，因为在海底两万英尺的地方，水的压力是非常大的，它们有可能会断裂破碎，其后果不堪设想。

马斯通、布尤斯贝里兄弟、默奇森工程师不惧危险，毅然决然地钻进了空气室。舰长在驾驶台上指挥着操作，准备好一有信号便停止下放或拉回链条。螺旋推进器已经脱开了，舰上的全部机器的力量都从绞盘上快速地传送到舰旁的探索仪器上了。

空气室于下午一点二十五分开始下潜，储水室在重量的牵引下消失在大洋下面。

舰上的军官们和水手们既担心炮弹车厢里的"囚徒"，又为下潜器里的"囚犯"担忧。至于后面的这几个"囚犯"，他们已经到达忘我的境界，他们正贴在舷窗玻璃上，专心一意地观察他们所穿过的那些水流。

下潜速度极快。下午两点十七分，马斯通及其同伴们已经下潜到太平洋底了。但是，他们什么都看不到，眼前呈现的只是一片既无海洋动物又无海洋植物的贫瘠的沙漠。在他们的那几只光线极强的反射探照灯的灯光照射下，他们得以观察到很大的一片黑黑的水层，但是，却没有发现炮弹车厢。

这些勇敢无畏的潜水员的焦急心情不言而喻。他们的探索仪与轻型巡航舰有电线连接着，他们发出了一个设定的信号，"苏斯格安娜号"便让他们固定在离海底地面几米高处的一海里的范围内移动。

他们如此这般地搜索了海底平原，还时常被一个个光影所骗，弄得心烦意乱，头痛欲裂。这里是一块岩石，那里是一个海底沙丘，乍一看，还以为是他们倾心寻找的炮弹车厢呢，但是，随即发现自己看走了眼，不禁灰心丧气。

"他们到底在哪儿呢？他们究竟在什么地方？"马斯通叫嚷道。

这个可怜人在大声呼唤巴比·凯恩、尼科尔、米歇尔·阿尔当，仿佛这几个倒霉的朋友能听见他在喊，或者在这密不透风的环境下能够回答他似的。

寻找工作就在如此这般的情况之下继续着，直到探索器里的空气变得浑浊时，他们不得不浮出水面。

拉纤自下午六点左右开始，直到午夜前才停止。

"明天再说吧。"马斯通站在轻型巡航舰的甲板上说道。

"好的。"布尤斯贝里舰长回答道。

"明天去另一个地方。"

"好的。"

马斯通并未怀疑成功不了，不过，他的同伴们已经没了开头几个小时的那份亢奋劲儿了，他们知道这项工作十分艰难。在旧金山看着很容易的事，到了这儿之后，在茫茫大洋之中，几乎是完成不了的任务。成功的希望在大幅度地减少，要见到炮弹车厢，只能是碰运气了。

第二天，12月24日，尽管头一天累得筋疲力尽，但探索工作又开始了。轻型巡航舰向西移动了几分钟的路程，探测仪装满了空气，又将那几位探索者带往大洋深处去了。

整整一天过去了，一无所获。海底犹如一片荒漠。25日这一天没有任何收获。26日也没什么进展。

　　这可真的让人绝望了。大家在想，那三位被关在炮弹车厢里的"囚犯"已经被关押了二十六天了！也许此时此刻，他们即使逃过了坠落的危险，那也开始感到憋闷难耐了！而且，想必空气耗尽之后，他们的勇气、精神也全都要垮了！

　　"空气嘛，可能是没有了，"马斯通肯定地说，"但是，精神则是永远存在的。"

　　又继续寻找了两天之后，到了28日，所有的希望全都化为乌有了。这个炮弹车厢，简直就是大海中的一粒沙子！大家只好放弃寻找了。

　　然而，马斯通则坚决反对撤回。如果见不到他的朋友们的坟墓，他是绝不会离开的。可是，布尤斯贝里舰长却认为无法再继续留下了。尽管可敬的秘书一再请求，他仍不得不下达返航的命令。

　　12月29日，上午九点，"苏斯格安娜号"船首对着东北方向，向旧金山返航。

　　上午十点钟，轻型巡航舰缓缓地，像是舍不得离开灾难发生的地点似的，开走了。正在这个时候，在第三层帆横木上观察海面的那个水手突然大声喊道：

　　"一只浮标正顺着风向在漂浮着。"

　　军官们立刻朝着那个方向望去。他们从望远镜中认出了那个标志物确实是像用来指示海湾或河流行道的浮标的模样。但是，非常奇怪，竟然有一面小旗在露出洋面五六英尺的圆锥体上飘扬着。在阳光下，这个漂浮物在闪闪发光，仿佛其外壳是银质板制成似的。

布尤斯贝里舰长、马斯通以及枪炮俱乐部的代表们登上甲板，仔细地辨认那个在波浪上漂动着的物体。

所有的人都在焦急忧虑地观察着，但没有一个人吭声，谁都不敢把自己脑子里突然而至的想法说出来。

轻型巡航舰离被发现物体只有两锚链[1]。

舰上所有的人员全都浑身猛地一颤。

那是一面美国旗！

正在这一刻，一声如雷鸣般的吼声响起。是那位正直的马斯通像一个大物件似的倒了下去。原来，他忘了自己的右胳膊是一个铁钩状的假肢，再者，他也忘了自己头上只戴了一顶普通的马来树胶制的小圆帽，所以被摔了个半死。

大家赶忙向他奔过去，扶起他，把他弄醒。他醒来的头几句话说的是什么呀？

"唉！我们真傻！真是十足的笨蛋，头号的蠢货！"

"您到底是怎么啦？"大家围着他在问。

"还怎么啦？……"

"您说清楚些呀。"

"咱们蠢到家了！"气势汹汹的秘书吼叫道，"炮弹车厢的重量只有一万九千两百五十磅！"

"那又怎样！"

"它的排水量为二十八吨，换句话说，就是五万六千磅，因此，它已'浮上来了'！"

啊！这个正直的人加强语气说的这句"浮上来了！"真是棒

---

1 锚链：长度单位，一锚链约合两百米。

极了。这真是一条真理！所有的那些科学家，没错儿，所有那些科学家全都忘了那条基本规律：炮弹车厢由于本身重量轻，开始坠落时会先坠入海底深处，但是，它自然而然地便会重新浮出海面的！而现在，它正静静地随着波浪起伏漂荡着……

舰上的几只小船被放到海里，马斯通及其朋友们急匆匆地上了小船。一个个激动不已，心情难以平复。当那几只小船向着炮弹车厢划去时，所有人的心都在激烈地跳动着。炮弹车厢里的情况如何？他们是活着还是已经死亡？还活着，肯定还活着！除非巴比·凯恩及其两位朋友插上旗子后不一会儿就死了！

小船上的人全都默然无语。所有的心脏都在怦怦地直跳。他们的眼睛模糊不清。炮弹车厢的一个舷窗开着。窗框槽里有一些碎玻璃片，说明窗玻璃已经破碎了。这扇窗此刻离洋面约有五英尺。

马斯通乘坐的一只小船靠了上去。马斯通急忙扑向那破碎的舷窗……

正在这时候，只听见一声欢快响亮的声音响起，那是米歇尔·阿尔当的声音，他喜不自胜地叫嚷道："大满贯，巴比·凯恩，大满贯！"

原来是巴比·凯恩、米歇尔·阿尔当和尼科尔三人在玩牌。

第二十三章

尾 声

　　大家都还记得，这三位旅行者出发之时曾经获得全世界无限的好感。如果说，他们进行这个大胆试验之初，已经激起了新旧大陆的人的巨大的热情的话，那么，今天，欢迎他们凯旋又将是一种什么样的场景呢？当初，涌到佛罗里达半岛去欢送他们的那几百万名观众，难道会不争先恐后地奔去欢迎他们凯旋吗？这些从全球各处前来美国海岸的大批的外国人，他们能不见到巴比·凯恩、尼科尔和米歇尔·阿尔当就离开合众国的领土返回去吗？不会！观众们怀着无比真诚的心情去回应这项举世无双的伟大的科学实验。这几个人离开了地球，在宇宙空间做了这次奇特的旅行之后返回地球，就像先知厄里亚斯[1]重新回到地球时一样，将会受到盛大的欢迎。大家首先盼望的是看到他们，然后听听他们的说话声，这就是众人的心愿。

　　这一心愿很快便会让合众国的居民们得到满足的。

　　巴比·凯恩、米歇尔·阿尔当、尼科尔、枪炮俱乐部的代表

---

1 厄里亚斯：《圣经》中的犹太先知，曾乘火车飞到太空。

们毫不迟延地回到巴尔的摩，在那儿受到难以描述的无与伦比的热烈欢迎。巴比·凯恩的旅行日记已经准备好公开发表了。《纽约先驱论坛报》已经买下了版权，但价格尚未披露，不过肯定是价格不菲。事实上，在发表《月球旅行记》期间，这家报纸的印数高达五百万份。在这几位旅行者返回地球后的第三天，他们旅行的细枝末节也全都公之于众了。现在只剩下一睹完成这项非常人所能的试验的英雄们的风采了。

巴比·凯恩及其两位朋友环绕月球的探险之旅，使得人们能够对有关地球卫星的各种不同理论进行分析研究。这三位科学家在极其特殊的条件之下亲眼观测了月球。现在，有关这颗星球的形状，它的起源以及它的可居住的问题，哪些学说该摒弃，哪些学说该肯定，我们已经非常清楚了。对于月球的过去、现在以及未来的最后的秘密也都一清二楚了。这三位细心执着的科学家测定出蒂索山——这个月球上的奇特形态的山岳不到四十公里，对此，我们还能够提出异议吗？他们的目光曾经沉到柏拉图环形山的深渊底层，眼见为实，我们还能提出什么不同的看法呢？这三位英勇无畏之人，敢为天下先，竟然把人类的目光带往迄今为止人类从未见到过的、月球的看不见的那一面，简直让人难以相信，对于他们的这种英勇壮举，除了刮目相看，还能说什么呢？现在，只有他们三位有权对研究月球世界结构的月面学下一个定论，就像居维埃对化石骨骼下了定论一样，并且他们也有权这么说：月球就是这样的，它是一个不适宜居住的世界，而且现在并没有人在上面居住！

为庆祝枪炮俱乐部中最杰出的那位会员及其两位同伴的载誉归来，枪炮俱乐部决定要为他们三位举行一个宴会，而且，这个宴会必须无愧于这三位凯旋者，必须无愧于美国人民，还必须要让合众国的全体居民都能直接参加才行。

全国各条铁路都用移动铁轨连接起来。然后，在各个火车站，全都彩旗飘扬，并装饰着同样的装饰品，并摆放好桌子，放上同样的菜肴。而且，按照计算好的时间，根据精准无误的电钟，居民们按规定的时间依次入席。

从1月5日到9日的四天时间里，各条线路上的火车如同每个星期日那样，一律停驶，合众国全铁路线一律停运。

只有一辆挂着一节荣誉车厢的高速火车头，有权在这四天当中，在美利坚合众国的各条铁路线上飞驰。

火车头上有一位司机和一位机修工，而枪炮俱乐部的秘书、勇敢的马斯通因特殊照顾，也上了火车头。

那节车厢成为巴比·凯恩主席、尼科尔船长和米歇尔·阿尔当的专车。

那位机修工一声哨声，列车在一阵欢呼声、"万岁"声以及美国英语中所有的感叹词的欢叫声中驶离巴尔的摩火车站。它以八十法里的时速飞驶着。但是，要是与这三位英雄飞离哥伦比亚炮炮口时的速度相比，那简直就不值一提了！

就这样，他们从一座城市奔向另一座城市，发现沿途都聚集着大批的已经入席的民众，向他们发出同样的欢呼声，一个劲儿地向他们致敬。他们就这样经过合众国东部，穿过宾夕法尼亚州、康涅狄克州、马萨诸塞州、佛蒙特州、缅因州和新不伦瑞克州；接着，他们又驶过合众国的北部与东部，经过纽约州、俄亥俄州、密歇根州和威斯康星州；然后，往南，途经伊利诺伊州、苏里州、阿肯色州、得克萨斯州和路易斯安那州；接着，驶向东

就这样，他们从一座城市奔向另一座城市，发现沿途都聚集着大批的已经入席的民众，向他们发出同样的欢呼声，一个劲儿地向他们致敬.

南部，从亚拉巴马州到佛罗里达州；再北上，从佐治亚到南北卡罗莱纳州；再从田纳西州、肯塔基州、弗吉尼亚州、印第安纳州，访问了中部；然后，又从华盛顿东站出发，回到巴尔的摩。在这四天的行程中，他们能够相信全美利坚合众国的居民都坐在了唯一的一台巨大无比的筵席上，同时，民众们也在以欢呼声向他们致敬！

这种尊崇是这三位英雄当之无愧的，人们把他们视为人间的仙人。

可现在，在旅行史上尚无先例的这个科学试验，能够产生一点实际效果吗？我们将能同月球进行直接的联系吗？我们将能建立一种通往太阳系的宇宙空间的航行机构吗？我们将会从一个星球前往另一个星球，从木星前往水星，并且稍后再从一个恒星前往另一个恒星，从北极星到天狼星吗？将会有一种运输方式可能送我们去探访密集在天穹上众多的太阳吗？

对于这些问题，我们还无法回答。但是，在了解到盎格鲁-撒克逊人的大胆的创造精神之后，谁也不会对美国人努力利用巴比·凯恩主席的科学试验感到惊讶了。

因此，在这三位旅行者归来之后不久，广大公众对一家名为"全国星球交流公司"的成立表示了热烈的欢迎。该公司注册资本达一亿美元，共分为十万股，每股一千美元。巴比·凯恩任董事长，尼科尔任副董事长，行政秘书为马斯通，执行经理为米歇尔·阿尔当。

鉴于美国人做事都具有预见性，甚至将破产的可能都会事先有所考虑，所以便预先任命哈里·特罗洛普为财务总监，任命弗朗西斯·代顿为破产债权团的法定代表。

欢迎您从《凡尔纳科幻经典》走进读客三个圈经典文库

亲爱的读者，感谢您选择读客三个圈经典文库。

我们的封面统一使用"三个圈"的设计，读者可以凭借封面上形式各异的"三个圈"找到我们，走进经典的世界。

你想成为什么样的人？

对你来说什么是重要的？

这个世界应该是什么样子？

我们在生命中遇到的这些问题，或许可以在浩如烟海的文学经典中找到答案。

跟随读客三个圈经典文库，认识世界、塑造自我，成为更好的人！

《漫长的告别》　《西西弗神话》　　《人间失格》《人类群星闪耀时》　　《鼠疫》

《小王子三部曲》　　《局外人》　　《月亮与六便士》《基督山伯爵》　　《罗生门》

读客三个圈经典文库

精神成长树

你想成为什么样的人？
对你来说什么是重要的？
这个世界应该是什么样子？

我们在生命中遇到的问题，每个时空的人都经历过，一些伟大的人留下一些伟大作品，流传下来，就成了经典。正是这些经典，共同塑造并丰富着人类的精神世界。

我们重新梳理了浩若烟海的文学经典，为您制作了精神成长树。跟随读客三个圈经典文库，汲取大师与巨匠淬炼的精神力量，完成你自己的精神成长！

树干：

不同的精神成长主题，您可以挑选任意感兴趣的主题进行深入阅读

例如：
寻找人生意义
探索自己的内心
拥有强大意志力
理解复杂的人性
…………

枝丫上的果实：

我们为您精选的经典文学作品

精神成长树示意图

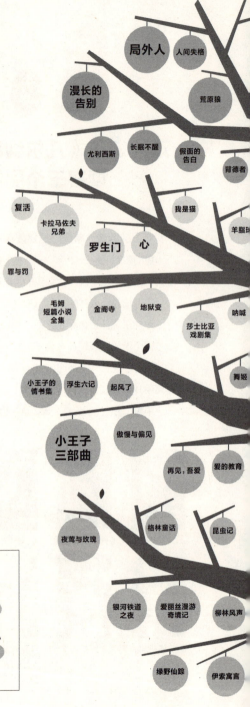

局外人
人间失格
漫长的告别
荒原狼
尤利西斯
长眠不醒
假面的告白
背德者
复活
我是猫
卡拉马佐夫兄弟
罗生门
心
羊脂球
罪与罚
毛姆短篇小说全集
金阁寺
地狱变
莎士比亚戏剧集
呐喊
舞姬
小王子的情书集
浮生六记
起风了
小王子三部曲
傲慢与偏见
爱的教育
再见，吾爱
夜莺与玫瑰
格林童话
昆虫记
银河铁道之夜
爱丽丝漫游奇境记
柳林风声
绿野仙踪
伊索寓言

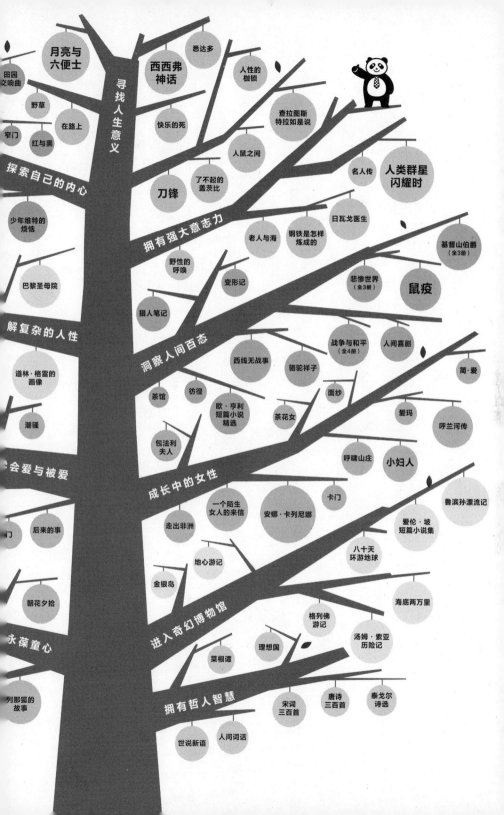

月亮与六便士

田园交响曲

野草

窄门

在路上

红与黑

西西弗神话

悉达多

人性的枷锁

查拉图斯特拉如是说

寻找人生意义

快乐的死

人鼠之间

名人传

人类群星闪耀时

探索自己的内心

刀锋

了不起的盖茨比

少年维特的烦恼

拥有强大意志力

老人与海

钢铁是怎样炼成的

日瓦戈医生

基督山伯爵（全3册）

巴黎圣母院

野性的呼唤

变形记

悲惨世界（全3册）

鼠疫

猎人笔记

解复杂的人性

洞察人间百态

西线无战事

骆驼祥子

战争与和平（全4册）

人间喜剧

简·爱

道林·格雷的画像

茶馆

彷徨

欧·亨利短篇小说精选

茶花女

面纱

爱玛

潮骚

包法利夫人

呼兰河传

会爱与被爱

成长中的女性

呼啸山庄

小妇人

门

后来的事

一个陌生女人的来信

安娜·卡列尼娜

卡门

鲁滨孙漂流记

走出非洲

朝花夕拾

地心游记

八十天环游地球

爱伦·坡短篇小说集

金银岛

海底两万里

永葆童心

进入奇幻博物馆

格列佛游记

汤姆·索亚历险记

列那狐的故事

菜根谭

理想国

宋词三百首

唐诗三百首

泰戈尔诗选

拥有哲人智慧

世说新语

人间词话

激发个人成长

多年以来,千千万万有经验的读者,都会定期查看熊猫君家的最新书目,挑选满足自己成长需求的新书。

读客图书以"激发个人成长"为使命,在以下三个方面为您精选优质图书:

1. 精神成长

熊猫君家精彩绝伦的小说文库和人文类图书,帮助你成为永远充满梦想、勇气和爱的人!

2. 知识结构成长

熊猫君家的历史类、社科类图书,帮助你了解从宇宙诞生、文明演变直至今日世界之形成的方方面面。

3. 工作技能成长

熊猫君家的经管类、家教类图书,指引你更好地工作、更有效率地生活,减少人生中的烦恼。

每一本读客图书都轻松好读,精彩绝伦,充满无穷阅读乐趣!

认准读客熊猫

读客所有图书，在书脊、腰封、封底和前后勒口
都有"读客熊猫"标志。

两步帮你快速找到读客图书

1. 找读客熊猫

2. 找黑白格子

图书在版编目（CIP）数据

环绕月球 / (法) 儒勒·凡尔纳著；陈筱卿译. ——
南京：江苏凤凰文艺出版社，2018.9（2022.7重印）
（凡尔纳科幻经典）
ISBN 978-7-5594-2512-6

Ⅰ.①环… Ⅱ.①儒… ②陈… Ⅲ.①科学幻想小说
－法国－近代 Ⅳ.①I565.44

中国版本图书馆CIP数据核字（2018）第152456号

环绕月球

［法］儒勒·凡尔纳 著　　陈筱卿 译

责任编辑	丁小卉　　姚　丽	
特约编辑	闻　芳　　蔡若兰	
装帧设计	读客文化　021-33608311	
责任印制	刘　巍　　江伟明	
出版发行	江苏凤凰文艺出版社	
	南京市中央路165号，邮编：210009	
网　　址	http://www.jswenyi.com	
印　　刷	河北鹏润印刷有限公司	
开　　本	890毫米×1270毫米　1/32	
印　　张	7.75	
字　　数	164千字	
版　　次	2018年9月第1版	
印　　次	2022年7月第2次印刷	
书　　号	ISBN 978-7-5594-2512-6	
定　　价	338.00元（全9册）	

江苏凤凰文艺版图书凡印刷、装订错误，可向出版社调换，联系电话：010-87681002。